FSC
www.fsc.org

MIX

Papier aus ver-
antwortungsvollen
Quellen
Paper from
responsible sources

FSC® C105338

Herstellung und Verlag
BoD – Books on Demand, Norderstedt
ISBN 978-3-7357-7586-3

Ein Totenhaus

Requiem für Peter M.

Lothar Helm

„Der Westen sperrt seine Verbrecher zu Tausenden hinter Gitter und lässt sie bei lebendigem Leib verfaulen – selbst Menschenfresser verhalten sich humaner. Den meisten Gesellschaften, die wir primitiv nennen, würde diese Sitte tiefen Abscheu einflößen; sie würde uns in ihren Augen mit derselben Barbarei behaften, die wir ihnen anzulasten versuchen."

Claude Lévy-Strauss

Ihr habt uns
weggestellt
wie einen alten Schirm.
Den man vergisst.

Vergessene Schirme
verrotten -

Habt ihr uns deshalb
weggestellt
wie einen alten Schirm?

E. S.

Inhalt

5

Vorbemerkung

Die folgenden Seiten wollen einen Einblick gewähren in eine Welt, die der „Normalbürger" nicht zu Gesicht bekommt. Es ist eine Welt hinter Mauern und Stacheldraht – aber die Menschen, die dort leben, sind unsere Mitmenschen.

Die meisten Ereignisse, von denen hier die Rede ist, fallen in die Jahre 1972 bis 1976. Als junger Pfarrer arbeitete ich damals im Untersuchungsgefängnis, zunächst in der alten „Hammelsgasse" in Frankfurt, dann in einem neugebauten Untersuchungsgefängnis in Frankfurt-Preungesheim.

Es sollen nicht nur meine Erfahrungen, Erlebnisse und Reflexionen zu Wort kommen, sondern auch die Gefangenen, die ich dort kennenlernte.

Einigen habe ich versucht, aus der Erinnerung eine Stimme zu geben, um ein möglichst vielfältiges Bild entstehen zu lassen. Die mit „Rudolf" und „Gerd" bezeichneten Abschnitte sind Aufzeichnungen von Gefangenen, die ich wörtlich übernommen habe.

Das Requiem, die traditionelle Messe für die Verstorbenen, ist nicht nur Totengedenken, sondern in wesentlichen Teilen eine Mahnung an die Lebenden, ihr Leben sub specie aeterni – im Angesicht der Ewigkeit – zu überdenken.

Besonders in der Sequenz „Dies irae" wird ein regelrechter Gerichtsprozess geschildert, mit allem, was dazugehört: Das Zittern beim Kommen des Richters, der Aufruf der Tuba, das Herbeitragen der Akten und das Aufdecken all dessen, was bisher verborgen war. „Was soll ich Elender dann sagen, wo doch auch der Gerechte kaum sicher ist?"

Als Richter und gleichzeitig Anwalt wird Jesus beschworen, dem reuigen Angeklagten Gnade zu gewähren – wie er ja auch den Schächer am Kreuz begnadigt hat.

Diesem Bewusstsein, dass wir alle auf Vergebung angewiesen sind, steht diametral die uns selbstverständliche Praxis entgegen, Menschen ins Gefängnis zu stecken. „...damit sie nicht der Tartarus aufsaugt, damit sie nicht ins Finstere stürzen" heißt es im

Offertorium. Gerade diesen Strafort, diesen finsteren Tartarus, von dem der Beter verschont sein möchte, finde ich in unseren Gefängnissen und besonders im Untersuchungsgefängnis wieder. Und darum ein „Requiem für Peter M.", der für all die Gefangenen steht, die wir gnadenlos einer solchen Strafe ausliefern.

Requiem aeternam

Requiem aeternam dona eis, Domine, et lux perpetua luceat eis.
Te decet hymnus, Deus in Sion, et tibi reddetur votum in
Jerusalem.
Exaudi orationem meam, ad te omnis caro veniet.

Ewige Ruhe gib ihnen, Herr, und das ewige Licht leuchte ihnen.
Dir gebührt Lobgesang, du Gott in Zion, und zu dir betet man in
Jerusalem.
Erhöre mein Gebet, zu dir wird alles Fleisch kommen.

Die „Hammelsgasse"

Das Untersuchungsgefängnis „Hammelsgasse", mitten in Frankfurt gelegen, war Teil des Gerichtskomplexes. Im 19. Jahrhundert erbaut, verkörperte es den alten „Knast" in Reinkultur. Die Zellen waren mit Inschriften übersät. Zweimal am Tag wurde „gekübelt" - d.h. die Kalfaktoren mussten die Abortkübel aus den Zellen zu sogenannten „Kübelzellen" transportieren und dort ausleeren. Wegen des dabei erzeugten Gestanks hielt man sich während dieser Prozedur besser nicht auf den Gängen auf.

Die Zellen waren Einzelzellen, aber meist mit zwei Gefangenen belegt. Eine Ausnahme bildete die sogenannte „Ranch", ein Raum mit etwa 20 Betten. Hier hausten die „Penner", eine besonders im Winterhalbjahr recht zahlreich vertretene Randgruppe auch im Gefängnis.

In diesem Gefängnis machte ich meine ersten Knasterfahrungen in einem halbjährigen Praktikum.

Besonders prägend war dabei die Begegnung mit Gerhard B. Mir waren bereits die Warnhinweise an seiner Zellentür aufgefallen: „Einzelfreigang" stand da und „Keine Freizeitveranstaltungen".

Ich erkundigte mich bei dem Stationsbeamten und bekam die Auskunft, das sei ein besonders gefährlicher Mörder, und deshalb seien besondere Vorsichtsmaßnahmen erforderlich.

Ich erwirkte die Erlaubnis, mit Gerhard B. Einzelgespräche führen zu können – auf seiner Zelle.Es war keine Sensationslust, die mich dabei bewegte, sondern ich lehnte mich auf gegen diese Abstempelung als „besonders gefährlich", die einen Menschen im Gefängnis noch einmal zusätzlich isolierte und brandmarkte.

In den Gesprächen war denn auch kaum von den Taten die Rede, die man Gerhard B. zur Last legte,

sondern ich hörte eine Geschichte von Ablehnung und unterdrückter Rebellion – gegen eine lieblose (Pflege-)mutter, gegen den Zwang der Pflegeheime und Erziehungsanstalten, in denen der immer renitenter werdende Junge bald landete, hörte von sexuellem Missbrauch durch eine Erzieherin, von Ausbruchsversuchen, die immer scheiterten, von dem allmählichen Anwachsen eines Frauenhasses, der dann schließlich in den

9

Morden an jungen Frauen gipfelte.

Der Prozess wegen dieser Taten stand damals dicht bevor. Gerhard B. erzählte mir, dass er nichts Ordentliches zum Anziehen habe. Ich habe ihm dann einen alten Anzug von mir überlassen, den er auch während des ganzen Prozesses getragen hat.

Habe ich mich mit ihm als Frauenmörder identifiziert? Oder mit dem gedemütigten, unterdrückten, vergewaltigten, stigmatisierten Jungen, der zum Täter geworden war? Jedenfalls hatte die Überlassung des Anzugs auch einen Aspekt, der aufschlussreich für meine Haltung zum gesamten Gefängniswesen ist, wie ich es kennenlernte - als eine höchst problematische Reaktion auf schlimme Taten.

Den Prozess gegen Gerhard B. habe ich zu großen Teilen verfolgt. Was ganz und gar nicht selbstverständlich war: Ein souveränes Gericht, ein verständnisvoller Staatsanwalt, brillante Sachverständigengutachten – fast ein Wunder angesichts einer durch die Sensationspresse geschürten Stimmung, die im Prozess auch durch die Vertreter der Nebenklage Eingang fand. Das Urteil lautete: Freispruch wegen durch Hirnanomalie bedingter Unzurechnungsfähigkeit. Das bedeutete Unterbringung in einer psychiatrischen Anstalt – also bei aller Problematik auch dieser Einrichtungen eine wesentliche Verbesserung für Gerhard B. Und die Chance, zum ersten mal in seinem Leben menschenwürdig behandelt zu werden.

Erste Eindrücke in dem neuen Gefängnis

Das neue Untersuchungsgefängnis, offiziell Justizvollzugsanstalt I, ist, anders als die alte „Hammelsgasse", an der Peripherie Frankfurts gelegen. Mit seinen hohen Betonmauern, den vergitterten vorgelagerten „Freizeit"-Höfen und den Beton-Sichtblenden vor den Zellenfenstern - acht Stockwerke purer Beton – wirkt es wie eine moderne Festung oder Zwingburg.

Mir wird in diesem Gebäude ein Raum zugewiesen, aus dessen Fenster ich direkt auf einen düsteren Innenhof und den dahinter aufragenden Zellentrakt blicke. Nach kurzer Zeit wird dieser Innenhof völlig verdreckt sein von dem Müll und den Essensresten, die Gefangene aus dem Fenster werfen.

10

Die schweren Schlüssel, mit denen ich die zahlreichen Zwischentüren und auch die Zellentüren öffnen kann, werden mir an der Pforte ausgehändigt. Die Handbewegung des Auf- und Zuschließens wird mich bald bis in die Träume hinein verfolgen. Allein um die Toilette aufzusuchen muss ich mich durch fünf Türen hindurchschließen. Hin und zurück erfordert das zwanzig Schließbewegungen.

In meinen spartanisch ausgestatteten Arbeitsraum darf ich Gefangene zu Gesprächen holen. Bald verzichte ich aber in der Regel darauf und führe die Gespräche lieber in den Zellen. Auch um in den Zellentrakt zu gelangen muss ich mehrere Zwischentüren auf- und zuschließen. Eine wahre Schließorgie ist es, wenn ich die ca. 15 Gefangenen zum Evangelischen Arbeitskreis aus allen Stockwerken zusammenhole. Das dauert etwa eine halbe Stunde, die gleiche Zeit wieder beim Zurückbringen.

Eine Liste der „Neuzugänge" bekomme ich wöchentlich. Zunächst versuche ich, alle zu besuchen, merke aber schnell, dass das nicht zu schaffen ist. Die Fluktuation ist groß, weil viele Untersuchungsgefangene „auf Schub", also nur vorübergehend hier sind. So konzentriere ich mich auf die länger „Einsitzenden" und auf diejenigen, von denen ich auf einem „Anliegen" - einem vorgedruckten Zettel – erfahre, dass sie meinen Besuch wünschen. Meist geht es dann um konkrete Wünsche: Ich soll Kontakt zu Angehörigen aufnehmen, aber auch zu Richtern, Staatsanwälten und Anwälten.

Manchmal gerate ich dabei in seltsame Situationen. So bittet mich ein Hausarbeiter inständig, seine Verlobte aufzusuchen, mit Blumen und einer Schallplatte (selbstverständlich von seinem Hausarbeitergeld bezahlt) und sie seiner unwandelbaren Liebe zu versichern. Also stand ich bald mit einem Strauß roter Rosen und mit Peter Alexanders „Bist du einsam heut Nacht" vor der Wohnungstür der Angebeteten. Sie war jedoch überhaupt nicht begeistert und ließ mich schnöde stehen. Die Rosen und die Platte solle ich wieder mitnehmen und mit ihm wolle sie nicht das Geringste mehr zu tun haben. So musste ich wie ein verschmähter Liebhaber wieder abziehen. Auf den Kosten blieb ich natürlich auch sitzen.

Trotz solcher eher heiterer Flops habe ich mich doch nur selten

11

geweigert, auf die Wünsche der Gefangenen einzugehen, dort, wo sie den Wunsch erkennen ließen, Beziehungen nach „draußen" nicht verkümmern zu lassen. Immer mehr wurde mir bewusst, was es heißt, von allen gewohnten menschlichen Kontakten abgeschnitten zu sein. Daher wird mir bei diesen Gesprächen auch oft ein fast unbegrenztes Vertrauen entgegengebracht. Nur wenige sind misstrauisch oder reserviert. Gerade bei diesen zunächst verschlossenen Gefangenen erlebe ich aber nach einigen Gesprächen, dass es zu einem besonders vertrauensvollem Gesprächskontakt kommt. Die Untersuchungshaft dauert manchmal bis zu vier Jahren – in einem Fall waren es sogar sechs Jahre – und in dieser Zeit gilt der Gefangene nach dem Gesetz als unschuldig. Das ist aber eine reine Fiktion, denn die Untersuchungshaft wird in der Regel als der härteste Teil der Strafe erlebt. Die völlige Isolation von der Außenwelt, das Fehlen von Arbeitsmöglichkeiten, die Ungewissheit über den Ausgang des Prozesses oder der Revision, dies alles wirkt zusammen und führt zu einer psychisch extrem belasteten Situation, die das Gesetz so nicht intendierte.

Der erste Selbstmord im neuen Gefängnis

Siegfried F. war mir nur flüchtig bekannt. Ich ahnte nicht, dass er Selbstmordgedanken hegte. Wenige Wochen nach Bezug der neuen Anstalt kletterte er in einem der vergitterten Freistundenhöfe am Seitengitter hoch und stürzte sich in den Hof. Er war sofort tot.
Die Nachricht von diesem Selbstmord verbreitete sich wie ein Lauffeuer durchs ganze Gefängnis. Viele Untersuchungsgefangene hatten ja die Befürchtung, dass der neue Betonbau, eine „Haus ohne Himmelsblick" eben auch ein Haus sein würde, „das Leichen produziert" (so hatten einige Gefangene es in einem Leserbrief vorhergesehen), Jetzt schien sich diese Befürchtung zu bestätigen. Unter den Gefangenen entstand der Wunsch, in irgendeiner Weise aktiv zu werden. An der Beerdigung konnten sie ja nicht teilnehmen. Aber – das war eine Idee, die im evangelischen Arbeitskreis auftauchte – man könnte doch eine Sammlung für einen Kranz veranstalten. Ich unterstützte diese Initiative, die im übrigen von den Gefangenen ein richtiges Opfer verlangte, da der

12

Kranz vom sogenannten „Hausgeld" bezahlt werden musste, das den meisten nur in sehr begrenztem Maß zur Verfügung stand und für den Einkauf von Obst, Kaffee und Tabak genutzt wurde.
Aber diese Aktion wurde durch die Gefängnisdirektion untersagt. Sie gefährde „Sicherheit und Ordnung" in der Anstalt. Die Enttäuschung unter den Gefangenen war groß.
Wenige Monate später tötete sich ein Aufsichtsbeamter mit seiner Dienstpistole. Ich habe ihn auf Wunsch der Witwe beerdigt. Auch unter den Bediensteten war die Verunsicherung groß.
Bald wurde die zunächst großzügige Freizeitregelung eingeschränkt. Die Gefangenen mussten 23 Stunden auf ihren Zellen bleiben.

„Gemeinsam den Wahnsinn aushalten"

Auf einer Jubiläumsveranstaltung der „Anlaufstelle für straffällige Frauen" im Jahr 2012 spricht der Landtagsabgeordnete Leif B. ein Grußwort. Bei allem Lob für die Bemühung, aus dem Gefängnis entlassenen Menschen zu helfen, hält es Herr B. Doch für notwendig, zu betonen, dass die Gefängnisstrafe unverzichtbar ist – für Leute, die die Gesetze nicht respektieren.
Dem gleichen Leif B. wird wenig später in mehreren Verfahren nachgewiesen, Steuerhinterziehung in nicht unerheblichem Umfang begangen zu haben.
Muss Leif B. nun ins Gefängnis? Natürlich nicht. Mit einer Geldbuße kommt er glimpflich davon.
Was mag in einem Menschen vorgehen, der so im Brustton der Überzeugung die Gefängnisstrafe verteidigt und gleichzeitig gegen Gesetze verstößt?
Mir ist nicht daran gelegen, über Leif B. den Stab zu brechen. Aber macht sein Beispiel nicht deutlich, wir ver-rückt es in unserer Gesellschaft zugeht?
In den siebziger Jahren des vergangenen Jahrhunderts gab es eine relativ breite Diskussion über Sinn und Unsinn der Gefängnisstrafe. So interviewete der Journalist Ernst Klee die Leiterin der Frankfurter Frauenhaftanstalt Helga Einsele. Das Buch trug den Titel „Das Verbrechen, Verbrecher einzusperren".Beide waren sich einig darin, den Vollzug der Gefängnisstrafe in der

derzeitigen Form für fragwürdig, ja selbst für verbrecherisch zu halten. Allerdings prognostiziert Helga Einsele: „Ich glaube, dass es legitim ist, von der Strafe abzugehen – ich weiß aber, dass es in der deutschen Zukunft nicht so laufen wird."

Und so ist es auch gekommen. Der gesellschaftliche Diskurs, der vor 40 Jahren so verheißungsvoll begann, ist einem fast totalen Stillschweigen gewichen.

„Gemeinsam den Wahnsinn aushalten" - so beschreibt ein langjähriger Gefängnisseelsorger seine Situation. Es klafft wohl weit auseinander, was speziell Pfarrer im Gefängnis erleben und was „draußen" vermittelt werden kann. Hier die alltägliche Begegnung mit Menschen, die buchstäblich als Aus-Wurf aus der Gesellschaft ausgestoßen wurden – und dort die Vielen, die sich Schutz und Sicherheit davon versprechen, dass die „Bösen" hinter Schloss und Riegel gesperrt werden,

Nur, dass diese „Bösen" so gar nicht dem Bild entsprechen, das sich eine breite Öffentlichkeit von ihnen macht. Ein Bild, das durch die massenhaft konsumierten Fernsehkrimis und durch die Sensationsberichterstattung der Medien geprägt ist.

Etwa 120 000 Menschen kommen jährlich in Deutschland in Haft – aber die wenigen spektakulären Kriminalfälle beherrschen die öffentliche Meinung. Dagegen argumentierend anzukommen, ist so gut wie aussichtslos. Keine politische Partei könnte es sich leisten, an diesem Tabu zu rütteln. Und in den Kirchen heißt es: Wir sind all zumal Sünder (aber doch nicht so schlimm wie die dort hinter den dicken Mauern).

Ich kann mich nicht abfinden mit diesem Schweigen. Und statt einer theoretischen Diskussion über Sinn und Unsinn der Gefängnisstrafe möchte ich in der Person des Peter M., den ich in den siebziger Jahren im Gefängnis kennengelernt habe und dessen Weg bis zu seinem Tod ich mitverfolgen konnte, einen Menschen zeigen, der in gewisser Weise für alle Gefangenen steht, so wenig er auch „typisch" sein mag.

Mein Name ist Peter M..

Meine Zelle ist kahl und kalt. Um ein Stück vom Himmel zu sehen muss ich den Hals verrenken.

Im Gefängnishof hallen die Rufe der Ausländer wieder. Erst gegen Morgen wird es still.

Hat es einen Sinn, irgendetwas aufzuschreiben, was diese Mauern überwinden könnte? Und schon stocke ich, denn diese Mauern kann man nicht überwinden, nicht mit Geschriebenem, nicht mit Rufen, nicht mit Gebeten, selbst mit Träumen nicht. Meine Träume sind aus Beton und Stahl. Allerdings gibt es die Träume, die vom Ausbrechen handeln. Aber in diesen Träumen fange ich mich selbst immer wieder ein.

Vor einigen Monaten sind zwei hier ausgebrochen. Mit einer kleinen Säge, die in einem Kuchen eingebacken war, der von draußen mitgebracht wurde, haben sie zwei Gitterstäbe durchgesägt, auf Station 2, wo keine Sichtblenden vor den Fenstern sind, und haben mit Klebstreifen auf dem Fenster die Gitterstäbe nachgemacht, so dass man durch den Spion ihr Fehlen nicht erkennen konnte. (Ein Spion ist das kleine Guckloch in der Tür. Manche verkleben es mit Zahnpasta, aber das wird nicht gern gesehen). Dann haben sie ihre Zudecken so drapiert, dass es aussah, als lägen sie im Bett, haben sich durch die Gitter durchgezwängt und sind bis zur Mauer gelaufen. Eine große Suppenkelle, die sie einem Hausarbeiter abgekauft haben, hatten sie schon vorher so gebogen, dass man sie als Wurfanker benutzen konnte. Daran war aus Betttüchern eine Leine gebunden, an der sie sich an der Mauer empor hangeln konnten. Das hat auch alles geklappt, ohne dass sie vom Wachposten entdeckt wurden. Auf der Mauer haben sie eine Decke über den Natodraht gelegt und haben sich auf der anderen Seite wieder runtergelassen.

Natürlich hat man sie nach einigen Tagen wieder geschnappt und in andere Knäste verlegt.

Aber wochenlang gab es kein anderes Thema beim Hofgang.

Ich habe hier niemand, mit dem ich   reden kann. Der Pfarrer versorgt mich mit Büchern. Ich lese viel. Manchmal bekomme ich einen Brief von Jörn. Er ist ein Freund, eigentlich mein einziger Freund, und sitzt in Butzbach im Knast. Dort macht er die Gefängniszeitung. Jörn schreibt gut. Er hat phantastische Ideen und seine Briefe muntern mich immer etwas auf. „Hallo, alter Kumpel" schreibt er, „haben sie dich noch nicht kleingemacht? Diese Verbrecherbande, die sich Justiz nennt, diese abgezockten Typen haben mir vier Jahre verpasst, für nichts und wieder nichts. Aber denen wird ichs noch zeigen wenn ich hier rauskomme." Na ja, so Knackisprüche halt. Aber ich bewundere seinen Optimismus. Er schafft es, dass ich an mich selbst glaube. Ich habe mir etwas vorgenommen: Ich will den Menschen draußen zeigen, wie es im Knast zugeht. Keiner weiß nämlich etwas von dieser Welt hinter den Mauern. Alle denken, es geht nach Recht und Gesetz und Verbrecher gehören eingesperrt. Wahrscheinlich geht's denen noch viel zu gut da drinnen, liegen auf der faulen Haut, mit super Essen und Fernsehen auf der Bude. Mir wird ganz übel, wenn ich diesen Blödsinn schreibe. Vielleicht stimmt es ja gar nicht, dass alle so denken über uns hier drinnen. Diese Hoffnung hält mich aufrecht. Ich will kein Mitleid. Aber ich will, dass die Wahrheit bekannt wird. Wir sind doch auch Menschen. Und werden eingesperrt wie Tiere.

Das klingt jetzt alles so pathetisch. So will es bestimmt niemand hören oder lesen. Deshalb habe ich mir gedacht, man müsste eine Knastrevue schreiben: so richtig zum Brüllen komisch. Denn es gibt hier so viel perverse Komik, so verdrehte frivole, obszöne Szenen. Wenn es mir gelänge, das aufzuschreiben, vielleicht fände sich ein Theater, das diese Revue auf die Bühne brächte. Eine Szene hab ich schon geschrieben: „Ballett der Hausarbeiter". Hausarbeiter, das sind die „Funktionsgefangenen". Sie teilen das Essen aus, sie handeln mit Tabletten, bringen dir eine Illustrierte von einem Zellennachbar vorbei. Wenn du ihnen einen „Koffer" (ein Päckchen Tabak) gibst, putzen sie dir die Bude, versorgen dich mit Nachrichten aus dem Haus und mit allerhand Kleinigkeiten, die das Leben erträglicher machen.

Ich schreibe mit der Hand auf Knastpapier. Eigentlich bekommt man das, um darauf ein „Anliegen" zu schreiben, zum Beispiel: „Ich bitte darum, eine Schmerztablette zu bekommen".

Das Anliegen gibt man dann einem Schließer, und wenn man Glück hat, bekommt man zwei Tage später die Tablette.

Ich sammle mein Papier und schreibe dann , wenn ich nicht gestört werde, also meist in der zweiten Nachthälfte, an meiner Revue. Es geht nur langsam voran, weil ich so viel an früher denke.

Früher, als ich noch große Pläne hatte, Schauspieler wollte ich werden, habe ich Schauspielunterricht genommen und auch kleine Rollen bekommen. Aber das ist jetzt alles vorbei, lang vorbei.

Ich habe eine Zelle für mich allein. Das ist gar nicht

selbstverständlich, weil auch viele Einzelzellen doppelt belegt sind. In der Zelle nebenan wohnt ein Verrückter. Er weint, wenn er einen Brief von seiner Mutter bekommt. Denn er ist überzeugt, dass der Brief geheime Botschaften vom Gericht enthält. Er hat mir mal so einen Brief gezeigt. Aus bestimmten Buchstaben, von denen er meinte, sie seien markiert, hat er eine Botschaft herausgelesen: „Du bekommst SV". SV bedeutet Sicherungsverwahrung, man kommt also aus dem Knast gar nicht mehr heraus. Immer wieder liest er die Briefe seiner Mutter und findet neue Botschaften. Er ist auch überzeugt, dass sie nachts grünes Gas in seine Zelle leiten. Er tut mir leid.

Bevor ich hier eingefahren bin, habe ich eine Zeitlang im Freistaat Christiania gelebt, in Kopenhagen. Da gab es Verrückte genug, die meisten waren Tag und Nacht unter Drogen. Aber man konnte gut dort leben, es gab viele interessante Typen, Maler, Musiker, Dichter. Mich nannten sie Tuborg, weil ich immer eine Flasche in der Hand hatte. Dort habe ich auch Theater gespielt, Brecht, Ionesco, Genet.

Festnahme und Einlieferung (Peter M.)

Zwei Männer in Zivil sprachen mich auf dem Frankfurter Bahnhofsvorplatz an:
Polizei, Personenkontrolle. Wie heißen Sie? – Ich nannte meinen Namen - Zeigen Sie bitte Ihren Ausweis – Ich habe ihn nicht bei mir – Dann müssen sie zwecks Personfeststellung mitkommen.
Sie führten mich zu einem PKW und telefonierten. Dann eröffneten sie mir, dass es einen Haftbefehl gegen mich gäbe. Sie brachten mich in einen Vernehmungsraum im Polizeipräsidium. Dort wurde ich zwei Stunden lang vernommen. Es ging um verschiedene Diebstähle in Bürogebäuden. Der Beamte, der mich vernahm, war eher gelangweilt, er spulte seine Fragen ab und sah mich gar nicht an. Ich fror und zitterte. Fragte, ob ich eine Zigarette haben könnte, was er ablehnte: Nachher, wenn die Vernehmung beendet ist, können Sie rauchen.
Dann wurde ich in eine Zelle geführt und bekam etwas zu essen.
Am folgenden Tag zeigte man mir den Haftbefehl. Er war auf rotem Papier gedruckt. Ich war völlig teilnahmslos, wie gelähmt.

17

Auch die Beamten, mit denen ich es zu tun hatte, kamen mir ganz uninteressiert vor. Natürlich, ich war ein Routinefall, ein kleiner Eierdieb. Sie stellten mir ihre Routinefragen. Ob ich antwortete, was ich antwortete, war gänzlich unwichtig. Mir war die ganze Zeit furchtbar kalt.

In einem Kastenwagen mit vergitterten Fenstern wurde ich in die U-Haft gefahren. Ich erinnere mich: Das erste war dieser Geruch. Später gewöhnte man sich ja dran, aber zuerst überfiel es einen direkt. Ein Geruch wie im Raubtierhaus. Ich wurde auf die Kammer geführt, wo ich meine wenigen Habseligkeiten abgeben musste. Ich wurde gefragt, ob ich meine eigenen Kleider behalten oder Anstaltskleidung tragen wollte. Bei der eigenen Kleidung müsste ich selbst für Reinigung sorgen. Also nahm ich die Anstaltskleidung, blaue Hose, blau gestreiftes Hemd, zweimal Unterwäsche grau, zwei Paar Socken. Eine Jacke blau. Dazu zwei Wolldecken. Ein Betttuch. Einen Überzug. Ein Essgeschirr, eine Zahnbürste, ein Stück Seife.

Alles wurde in einen Plastikkorb gepackt und mir in die Hand gedrückt. Dann ging es weiter zur Sanitätsstation. In einem Vorraum musste ich warten, stundenlang, wie mir vorkam. Ein Sani holte mich und befahl mir, mich nackt auszuziehen. Meine Kleider würden zur Habe gegeben. Er untersuchte mich von Kopf bis Fuß, Ich fand es fürchterlich peinlich, weil er alle Körperöffnungen gründlich inspizierte. Auch fragte er mich nach Krankheiten, besonders Geschlechtskrankheiten. Schließlich wurde ich dem Arzt vorgeführt. Das war ein älterer kleiner Mann mit einem sehr roten Gesicht. Er las, was der Sani notiert hatte und untersuchte mich, indem er mir in den Hals und in die Ohren sah. Ich schämte mich sehr und fror. Ich war immer noch ganz nackt. Noch heute erinnere ich mich an alles ganz genau, aber am schlimmsten fand ich diese ärztliche Untersuchung, obwohl ich gar nicht sagen kann, dass mich irgendjemand besonders unfreundlich oder gar sadistisch behandelt hätte. Es war dieses Gefühl, völlig ausgeliefert zu sein, seine Menschlichkeit zu verlieren.

Ich lernte Peter M. im Frühjahr 1973 kennen.

Auf einem „Anliegen" stand in großen steilen Druckbuchstaben: Ich bitte um den Besuch des ev. Pfarrers.
Als ich ihn dann in seiner Zelle aufsuchte, fand ich einen kleinen Mann undefinierbaren Alters mit schlechten Zähnen. Sein Gesicht war durchfurcht mit vielen Falten. Er zitterte, vor Kälte, wie ich annahm. Was mir aber sofort auffiel, war seine deutliche Artikulation und wie gewählt er sich ausdrückte. Das Gespräch war im übrigen kurz; er fragte mich, ob ich ihm einige Bücher leihen könne, etwa von Dostojewski „Schuld und Sühne". Ich versprach ihm; das Gewünschte bald zu bringen.
„Wie ein Mönch in seiner Zelle" dachte ich später über diesen ersten Besuch, dem sich bald weitere anschlossen. Ich brachte ihm außer dem gewünschten Dostojewski Bücher von Brecht, vor allem Theaterstücke, und Tucholski. Sein Lesehunger war groß, zumal er von den spärlichen Freizeitangeboten keinen Gebrauch machte. Im Gespräch war er recht zurückhaltend und vermied es, über Persönliches zu sprechen.(Bis heute weiß ich nicht, weshalb er ins Gefängnis gekommen war)
Was hat mich an diesem Menschen so beeindruckt? Ich kann es nicht genau sagen. Vermutlich, dass er so ganz ohne Larmoyanz, ohne Klagen über seine Situation, ja mit einer gewissen Würde mir entgegentrat – so, als gäbe es die Zelle, das Gefängnis gar nicht. So kahl, ohne jeden Schmuck war diese Behausung, dass der Eindruck entstand, als sei ihr Insasse nur eben auf der Durchreise hier.
Jetzt, viele Jahre später, fällt mir ein Satz des Propheten Jesaia ein: „Er hatte keine Gestalt noch Schönheit" und „er war der Allerverachtetste und Unwerteste" Oft habe ich seither über diese Stelle gepredigt, und erst allmählich wird mir klar, wie sehr Peter M. diesem Bild entspricht.

Der Peter war ein richtig guter Kumpel. (Jörn)

Wir haben zusammen die Knastzeitung in B. gemanagt. Na ja, die Artikel habe meistens ich geschrieben, und wir haben sie zusammen redigiert. Artikel selbst zu schreiben war nicht gerade Peters Stärke, dazu ist er zu ernsthaft. Im Knast muss man schon locker flockig daherkommen, sonst liest es kein Schwein. Besonders schwierig wird es, wenn man irgendwas kritisieren will, denn die allmächtige Zensur lässt da kaum was durchgehen. Ich habe mir eine Liste angefertigt, von Themen, die tabu sind

Berichte über Übergriffe der Grünen, Einsätze des „Rollkommandos"

Alles, was mit Sex zu tun hat

Politische Themen

Kritik am Essen und an der ärztlichen Versorgung

Grundsatzurteile zugunsten der Gefangenen

Selbstmorde und Selbstmordversuche

Man kann sich ja vorstellen, was dann noch übrig bleibt, worüber man schreiben kann.

Enorm wichtig waren aber die Gespräche, die wir miteinander hatten. Da haben wir uns super ergänzt. Peter ist das immer ganz prinzipiell angegangen. Er hat einen ziemlichen Durchblick, nicht nur, was das Knastsystem angeht. Von seiner Theaterleidenschaft hat er viel erzählt und hat versucht, mich für Stanislawski zu begeistern, irgend so einen russischen Theoretiker. Ist aber nicht viel hängen geblieben. Es ist schon traurig, dass er wegen seiner kleinen Figur und seiner Hässlichkeit beim Theater keine Chancen hatte.

Bei den anderen Knackis hatte er als kleiner Eierdieb auch keine guten Karten. So hat er sich sehr an mich gehängt. Das hat mich aber nicht weiter gestört, weil er so ein ehrlicher Typ war, einer, auf den man sich voll verlassen konnte. Dass er schwul war, hab ich erst allmählich mitbekommen. Absolut schüchtern war er in dieser Beziehung, wie ein junges Mädchen. Vielleicht war er ein bisschen in mich verknallt, hat sich aber nichts anmerken lassen.

Als er nach F. verlegt wurde, haben wir uns oft geschrieben. Er hat von seinen Plänen berichtet, ein Theaterstück über den Knast zu schreiben. Er war ganz besessen von seiner Idee. Ich habe ihn darin voll bestätigt, obwohl ich ihm ehrlich gesagt nicht zutraue, dass er was zustande bringt. Dazu haben ihn der Knast, der Alkohol und die Drogen zu sehr ruiniert.

Ralf K.ist der King auf der Station. (Peter M.)

Der Ruf eines knallharten Bankräubers geht ihm voraus, er trägt ihn wie einen Heiligenschein. Seine typische Geste: Er schlägt mit der zur Faust geballten rechten Hand in die geöffnete Linke. Das gibt ein knallendes Geräusch und ist sehr wirkungsvoll, wenn es zur Bekräftigung eingesetzt wird. Zu mir verhält er sich freundlich – na ja, so freundlich, wie er halt sein kann mit seiner knarrenden Stimme und seinem sehr begrenzten Repertoire an Floskeln. Ich scheine seinen Beschützerinstinkt zu mobilisieren, bin offensichtlich keine Bedrohung für ihn.

Die Grünen behandeln ihn mit Respekt. Sie wissen, dass er ihnen das Leben schwer machen könnte, weil er bei den Gefangenen so viel Einfluss hat.

Interessanter ist für mich ein anderer, den ich beim Hofgang kennengelernt habe. Er heißt Rudolf und wirkt sehr verschlossen, Erst nach und nach kommt man mit ihm ins Gespräch.

Für Rudolf ist der Knast ein Studienobjekt. Er sammelt Informationen, und trotz seiner Schüchternheit weiß er sehr viel über das, was hier im Haus abgeht. Er schreibt so was wie ein Tagebuch, außerdem zeichnet er, exakt wie ein Ingenieur: das Innere seiner Zelle, den vergitterten Betonhof im 5. Stock, die Freizeiträume, kahl wie sie sind, die Kabine des Aufsichtsleiters, den verdreckten Innenhof, in den sie die Essensreste werfen, sogar eine der „Beruhigungszellen", Bunker genannt.

Nachdem er überzeugt ist, dass er mir vertrauen kann, erzählt er mir, dass er Material nach draußen schmuggelt. Berichte von prügelnden Beamten, von Selbstmorden und Selbstmordversuchen, von Gefangenen, die in den Bunker geschleift und dort angekettet wurden. Draußen gibt es eine Gruppe von Leuten, die einen „Nachrichtendienst für die Verbreitung unterdrückter Nachrichten" herausbringen, die veröffentlichen auch Nachrichten aus dem Knast.

Durch ihn erfahre ich, dass jetzt Trennscheiben in den Besucherräumen eingebaut werden sollen. Beim Besuch kann man sich nicht mehr berühren. Die Stimme wird durch ein Mikrofon übertragen.

21

Zufällig lese ich bei Schiller (Der Verbrecher aus verlorener Ehre): „Wir sehen den Unglücklichen, der doch in eben der Stunde, wo er die Tat beging, sowie in der, wo er dafür büßte, Mensch war wie wir, für ein Geschöpf fremder Gattung an, dessen Blut anders umläuft, als das unsrige, dessen Willen anderen Regeln gehorcht, als der unsrige, seine Schicksale rühren uns wenig, denn Rührung gründet sich ja nur auf ein dunkles Bewusstsein ähnlicher Gefahr, und wir sind weit entfernt, eine solche Ähnlichkeit auch nur zu träumen."

Das zu lesen traf mich wie ein Schock – ich hätte nie geglaubt, dass ein deutscher Klassiker so etwas geschrieben haben könnte. Es ist, als wäre einer zu mir in die Zelle getreten und gäbe mir die Hand mit den Worten: Auch du bist ein Mensch!

Was hätte Schiller zu den Trennscheiben gesagt, zu den täglichen Demütigungen hier drinnen?

Ist nicht mein ganzes Vorhaben (die Knastrevue) wie ein Klopfen an eine Trennscheibe – von innen?

Gespräch mit Rudolf über seine Geschichte. Er ist von zuhause weggelaufen, mit 16 Jahren, wurde von der Polizei aufgegriffen und in ein Heim gesteckt. Später Verfahren wegen „Geheimbündelei", Versuch, ihn zu entmündigen. Wegen „Arbeitsscheu und drohender Verwahrlosung" wurde er in die Psychiatrie eingewiesen usw. Seine Aufgabe sieht er darin, gegen Missstände in Heimen, psychiatrischen Anstalten und Gefängnissen zu kämpfen. Dass er dabei mit den Gesetzen in Konflikt kommt, nimmt er in Kauf.

23 Stunden am Tag sitze oder liege ich in meiner Zelle. Eine Stunde Hofgang ist die einzige Unterbrechung. Freizeitangebote gibt es nicht, außer der Möglichkeit, 2 Stunden in einem „Freizeitraum" zuzubringen. Das ödet mich aber so an, dass ich nicht mehr hingehe. Lieber lese ich. Oder ich sitze stundenlang da und sinniere vor mich hin. Ich spüre, wie das Fehlen von Außenreizen mich immer mehr abstumpft. Oft habe ich unerträgliches Kopfweh und muss mir eine Tablette geben lassen.

Warum die alten Erinnerungen?

Warum hole ich alte Briefe, Akten, Bilder hervor, wo es doch dieses Gefängnis gar nicht mehr gibt (damals, 1973 neu bezogen, hat es sich bald als fehlerhaft, ja unbrauchbar erwiesen und wurde schon nach 30 Jahren wieder abgerissen).
Ist es die Überzeugung, dass sich nichts zum Besseren geändert hat, trotz neuer Gefängnisse? Wie kommt es, dass Peter M. mich nicht loslässt, wie auch viele seiner Mitgefangenen, die nun nach und nach in meiner Erinnerung auftauchen? Sind es Schuldgefühle, dass ich so wenig für sie getan habe, Briefe nicht beantwortet, mich nicht mehr engagiert habe?
Wie kommt es, dass das Gefängnis-Thema heute im öffentlichen Diskurs so wenig präsent ist? Damals gab es Akademietagungen, Gottesdienste, eine Fülle von Veröffentlichungen zum Thema, heute spielt es in den Medien keine Rolle mehr. Auch die grüne Partei, die 1984 ein Hearing im hessischen Landtag veranstaltete zur Frage „Gefängnisneubauten" ist offenbar sehr von diesem Thema abgerückt.

„Kleiner Eierdieb" – das bin ich hier drinnen. (Peter M.)

Es stört mich nicht, so bezeichnet zu werden. 4 Monate bin ich schon hier. Gestohlen habe ich aus Not, und nur irgendwelche Bürogeräte, die sowieso aussortiert waren. Ich habe niemand geschädigt und niemandem wehgetan. Irgendwie gewalttätig zu werden kann ich mir nicht vorstellen. Das ist mir ja auch rein körperlich unmöglich, bei meiner schwächlichen Konstitution und geringen Körpergrösse. Vielleicht werde ich beim Termin entlassen, vielleicht bekomme ich noch ein paar Monate aufgebrummt. Einen Anwalt kann ich mir nicht leisten, meinen Pflichtverteidiger habe ich einmal gesehen, eine Viertelstunde lang. Für meine Zukunft mache ich mir wenig Hoffnungen. Mit der Schauspielerei wird es ja wohl nichts mehr, und ob ich je mal wieder als Elektriker einen Job bekomme, weiss ich nicht.
In Berlin hatte ich Kontakt zu Herrn v. H., dem Intendanten. Irgendwie hatte er an mir einen Narren gefressen. Wollte

23

unbedingt, dass ich was schreiben soll, ein Feature oder einen Essay über mein klägliches Leben, die Zeit bei den Pflegeeltern, erste Straftaten, Jugendknast usw.

Er hat wohl bemerkt, dass ich die Zeiten, die ich im Knast war, genutzt habe zum Lesen, zum Nachdenken über mein Leben, die Gesellschaft, die Ungerechtigkeit …

Jetzt denke ich oft an das, was Stanislawski über gutes Theater gesagt hat: Man muss das innere Bild finden. Es genügt nicht, die Realität abzubilden, so wie man sie sieht, sondern man muss nach verborgenen Vorgängen suchen, die die äusseren Tatsachen erst hervorrufen.

Das nennt Stanislawski den inneren Sinn eines Stücks.

Was ist aber der innere Sinn meines Lebens hier drinnen, des Lebens all dieser Menschen in diesem Betonsilo?

In dem alten Gefängnis, der Hammelsgasse, war das leichter zu beschreiben. Schon der ganz unverwechselbare Geruch, der zum unerträglichen Gestank wurde, wenn die Hausarbeiter die Kübel mit den Fäkalien ausleerten, in der sogenannten Kübelzelle – es roch wie im Raubtierhaus, einem Haus menschlicher Raubtiere.

Und dazu passten auch die Aufschriften an manchen Zellen: „Vorsicht, gefährlicher Ausbrecher" oder einfach eine rote Karte an der Tür. In solche Zellen gingen die Grünen nur zu zweit.

Ich erinnere mich auch an die Inschriften, die in der Zellenwand eingekratzt waren, Sprüche wie „Ob sie dich lieben oder hassen, einmal müssen sie dich entlassen" oder „Alles ist vergänglich, auch lebenslänglich".

Jetzt sind die Wände aus Beton, da kann man nichts einkratzen, Auch der Geruch ist anders. Ich kann ihn nicht beschreiben, etwas wie Lösungsmittel oder ein leichter Staubgeruch. Und eine Kälte, die einen ständig frösteln lässt.

Ich finde den „inneren Sinn" nicht. Es kommt mir so sinnlos vor, ein Stück über den Knast zu schreiben, das den Alltag hier abbildet. Oder kömmt der innere Sinn zum Vorschein bei spektakulären Ereignissen, Ausbruch, Selbstmord, Bambule? Also dann, wenn Menschen versuchen, selbst über ihr Leben zu bestimmen?

Selbstmordversuche sind hier nicht selten. Meist wird von „schnippeln" gesprochen – wenn jemand versucht, sich die Pulsadern aufzuschneiden. Wenn Hausarbeiter oder die Grünen solche Nachrichten verbreiten, haben sie einen verächtlichen Unterton, so ungefähr wie: so ein Pfuscher, und wir müssen den Dreck wegmachen! Ich glaube, in solchen Sätzen zeigt sich etwas vom „inneren Sinn" des Knasts. Oder meinte Stanislawski noch etwas ganz anderes? Vielleicht meine ganz subjektive Wahrnehmung des Knasts: Wie ich das Gefühl habe, immer mehr zu schrumpfen, bis ich wie ein Embryo in einem riesigen Beton-Uterus stecke, getrennt von allem, was draussen geschieht, lieblos am Leben gehalten – aber was für ein Leben?

„Der Untersuchungsgefangene ist würdig, gerecht und menschlich zu behandeln". So steht es geschrieben in der „Untersuchungshaftvollzugsordnung", die einem auf Verlangen ausgehändigt wird. Das kann ich doch nur mit Verbitterung lesen. Es ist der reine Hohn.

Kyrie eleison

Kyrie eleison
Christe eleison
Kyrie eleison

Herr, erbarme dich
Christus, erbarme dich
Herr erbarme dich

Die Zelle ist 4 Meter lang und 2,5 Meter breit. (Rudolf)

Wände und Decke bestehen aus rauem hellgelb gestrichenem Gussbeton, der Fußboden ist hellgrau mit pvc-Platten belegt, die Stahltür dunkelgrau gestrichen. Eine Resopal-Tischplatte (1Meter x 0,5 Meter) ist an die Wand gewinkelt, Stuhl und Bett sind aus Stahlrohr gefertigt. Ferner gibt es einen schmalen eingebauten Spind mit Holztür und über dem Tisch ein 1 Meter langes Bücherbrett aus Holz. Waschbecken und Klo sind wie überall. Das Fenster ist in drei Glasstreifen unterteilt. Der obere und der untere sind aus Milch-Draht-Glas und nicht zu öffnen. Nur die beiden Flügel in der Mitte sind aus normalem Fensterglas und zu öffnen. Außen davor ist das Gitter, davor die Betonsichtblende. (Der Knast sollte ursprünglich mitten in der Stadt stehen, als Ersatz für die Hammelsgasse, das Gerichtsgefängnis. Proteste haben das verhindert und der Knast wurde in Preungesheim gebaut. Hier sind die Sichtblenden ohne Funktion.) Da diese Sichtblende jedoch nicht direkt vor dem Fenster ist, fällt von oben und unten etwas Tageslicht ein. Hinaussehen kann man jedoch nicht einmal durch diese Spalten, weil die eben von den Milchglasscheiben abgedeckt sind. Die Lichtverhältnisse in der Zelle sind infolgedessen so, dass es nie richtig hell wird – man braucht den ganzen Tag über künstliches Licht, wenn man lesen will.
Die Lichtquelle ist eine Neonröhre über der Tischplatte; der Lichtschalter befindet sich draußen. Man kann sie also nicht selber ausmachen. Normalerweise geht sie morgens um 6 Uhr an und wird abends um 22 Uhr ohne Ankündigung ausgeschaltet. Tagsüber kann es jederzeit passieren, dass ein Grüner findet, dass es „hell genug" ist, oder dass ein draußen vorbeigehender Knacki sich damit vergnügt, alle Schalter auszuknipsen – dann hat man Pech gehabt und muss bis zur nächsten Essenausgabe irgendwas machen, wozu man nicht so viel Licht braucht; ich habe das hier nur deshalb erwähnt, weil es symptomatisch für die ganze Situation hier ist, nämlich die des totalen Ausgeliefertseins.
In der Tür befindet sich eine „Fischaugen"-Linse, der Spion, durch die die gesamte Zelle (einschließlich Klo) jederzeit überblickt werden kann. Dieses Guckloch darf nicht überklebt werden, bei

alteingesessenen, friedfertigen Leuten wird es von den Grünen jedoch in der Regel übersehen, wenn man's zuklebt. Zuweilen machen sie es dann kommentarlos wieder frei und man klebt's danach gleich wieder zu – hängt eben vom jeweiligen Grünen ab. Überhaupt ist es so, dass die Vorschriften (dass man z.B. keine Fotos an die Wand heften darf, dass man nur drei Bücher usw. in der Zelle aufbewahren darf, dass man nichts haben darf, für das man nicht eine ausdrückliche und schriftliche Genehmigung hat) in voller Schärfe nur von wenigen Grünen und dann nur bei Neulingen, „Krawallmachern" und in der Knasthierarchie niedrig stehenden Gefangenen zur Anwendung gebracht werden. Nur ist es so, dass natürlich jederzeit ein Schwein kommen und die Fotos einfach von den Wänden reißen kann. Wehren kann man sich nicht dagegen, weil es ja nur ein Gewohnheitsrecht war.

Ich habe Manfred J. in seiner Zelle besucht.

Er zeigte mir, wie er es geschafft hat, ein paar Sonnenstrahlen zu erwischen, was normalerweise durch Sichtblenden und Drahtglas unmöglich gemacht wird. Er hat jedoch den Kitt der oberen Scheibe ausgekratzt und die Scheibe vorsichtig herausgenommen. Jetzt kann er sich so auf sein Bett legen, dass er etwas Sonne abbekommt, wenn sie gerade günstig steht – ein unglaublicher Luxus hier drinnen. Wenn er hört, dass ein Bediensteter sich anschickt, die Zelle aufzuschließen, ist die Scheibe blitzschnell wieder drin.
Draußen kann man sich nicht vorstellen, was es da drinnen bedeutet, das Knastsystem an einem scheinbar so geringfügigen Punkt zu überlisten. Dass einem nicht einmal der Anblick des Himmels oder eines Stückchen Grün gestattet ist, empfinden viele hier als besonders belastend. Auch die „Freistunde" findet ja meist in den betonierten Innenhöfen statt.
Von Seiten der Justiz wird zur Legitimation dieser Praxis eingewandt, dass dies ein Untersuchungsgefängnis sei und dass der Kontakt mit der Außenwelt möglichst erschwert wenden soll. Verschwiegen wird dabei, dass die Untersuchungshaft immer länger dauert. Viele Untersuchungshäftlinge kommen nach Ablauf der Untersuchungshaft (die nach meiner Erfahrung bis zu 6 Jahren

dauern kann) auf freien Fuß. Und gerade die ersten Wochen und Monate im Gefängnis sind am schwersten zu ertragen.

Hin und wieder kommt es auch zu einem Gespräch mit dem Aufsichtsbeamten in seinem Glaskasten. Es dauert lange, bis es gelingt, das Misstrauen, das mir entgegenschlägt, ein wenig abzubauen. Offenbar störe ich den gewohnten Ablauf. Wenn ich Gefangene zu einem Gespräch in mein Büro mitnehme, ist das immer eine unliebsame Komplikation, obwohl auch die Sanitäter, die Fürsorger, der Psychologe Leute holen. Wahrscheinlich können sich die wenigsten unter „Zuspruch eines Geistlichen", auf den der Untersuchungsgefangene ein Recht hat, etwas vorstellen.

Manchmal bekomme ich einen gut gemeinten Rat: „Gehen Sie nicht zu dem xy, sonst heißt es, Sie stecken mit dem unter einer Decke".(Xy ist als renitent und aufsässig verschrien. Er beschimpft alle, die mit dem Strafvollzug zu tun haben, beleidigt sie in Briefen und Eingaben an das Gericht). Ich versuche dem Beamten zu erklären, dass ich auch zu xy gehe, wenn er mit mir sprechen möchte. Die Warnung muss ich aber trotzdem ernst nehmen, weil sie deutlich macht, wie genau beobachtet wird, mit wem ich in Kontakt trete.

Auch Szenen von makabrer Komik erlebe ich. Wenn ich einen Gefangenen zum Gespräch hole, sage ich dem Stationsbeamten Bescheid. Wenn dann der Beamte in der Zwischenzeit abgelöst wird, muss er seinen Nachfolger davon in Kenntnis setzen. Als ich einmal einen Gefangenen auf die Station zurückbringe, erlebe ich den Beamten im Alarmzustand. Er hat von seinem Vorgänger die Nachricht erhalten, der Gefangene sei vom „Fahrer" geholt worden, aber kein Fahrer wusste davon. Richtig wütend blafft er mich an, obwohl ich doch wirklich nicht dazu kann, wenn manche Leute das Wort „Pfarrer" wie„Fahrer" aussprechen. Die Nerven liegen blank beim Personal, dem auch der Umzug in die neue Anstalt zu schaffen macht.

Randale (Rudolf)

nennt man es, wenn ein Knacki durchdreht und seine gesamte Zelleneinrichtung kurz und klein schlägt. Die Anlässe für derartige Aktionen sind meist ziemlich lächerlich; z.b. weil einer Kopf- oder Zahnschmerzen hat und trotz Betätigung der Notrufanlage nicht sofort eine Tablette bekommt (was die Regel ist). Der Grund dafür ist aber die verzweifelte Einsamkeit in der Zelle, die Unmöglichkeit sich jemandem mitzuteilen etc. Da wird dann aus dem unterbewussten Bedürfnis nach einem Menschen, der sich um einen kümmert, vollkommen irrational entweder die Zelle zerschlagen oder „geschnippelt" (Selbstverstümmelung ohne „ernste" Suizidabsicht); das dürfte auf der selben Ebene wie das In-die- Hose-machen von an sich schon längst sauberen Kindern liegen, die sich von der Mutter vernachlässigt fühlen. Diese Randalen werden in der Regel von sozialen Gefangenen (Fixer, gescheiterte Kleinbürger) veranstaltet. Die Reaktionen der Mitgefangenen pendeln zwischen Ärger („Ruhe!") und Belustigung über die willkommene Ablenkung vom eigenen Elend („Zugabe!"). Die Grünen machen erstmal überhaupt nichts und kommen erst, wenn der Typ sich ausgetobt hat. Die meisten gehen dann widerstandslos mit in die B-Zelle. Wenn das nicht der Fall ist, kommt ein Rollkommando (setzt sich zusammen aus den jeweils im Knast anwesenden Stationsgrünen und Verfügern sowie den Sanis; Gummiknüppel obligatorisch) und schleift den Betreffenden in die B-Zelle.

Bambule nennt man es, wenn eine ganze Station oder gar der ganze Knast Radau macht (z.B. gegen die Türen schlagen, massenweise Zellen zerschlagen, brennende Sachen aus den Zellen werfen, Wasser in die Zelle und durch die Türritzen fließen lassen und dgl.). So etwas geschieht sehr selten und nur in der Folge von allgemeinen Restriktionen, z.B. Kürzung der Freizeit, Nichtübertragung eines großen Fußballspieles usw. In solchen Fällen unternehmen die Grünen erstmal gar nichts und versuchen lediglich, die Hauptakteure zu lokalisieren. Wenn dann nach einiger Zeit der Dampf raus ist, werden diese von Rollkommandos abgeholt und in die B-Zellen bzw. andere Knäste verschleppt.

Aus dem Bunker/Arrestzelle (Gerd)

Die Hölle ist
eingesperrt sein
in einen dunklen
und stillen Raum

Die Tür wird aufgeschlossen und ich gehe in die Zelle. Schnell
bringe ich noch die Bitte vor, den Ventilator einzuschalten, das
wird auch gemacht und ein lautes Dröhnen bäääääääääääääääää
erfüllt den schalldichten Raum. Die Tür ist zu, die Grünen sind
weg.
Ich sehe mich um, ich habe nichts bei mir und in der Zelle ist
nichts, außer einem Standklo und einem Steinsockel. Hier muss ich
jetzt lange Zeit drinbleiben.
Selbstgespräch
Jetzt setze dich erst mal, bleib ganz ruhig, baue dich nicht auf, du
kommst hier eh nicht raus, es gibt keinen Weg, sei hart, auch die
Zeit geht rum.
Mensch der Scheiß-Ventilator muss aus, das ist ja Wahnsinn
bäääääääääääää, du musst die Klappe schmeißen, Bescheid geben,
die Idioten hätten das einem ruhig auch sagen können, oh mein
Kopf, das ist ja Horror, Mensch das halte ich nicht aus, ich muss ja,
aber was soll ich nur machen, was nur?
Der Ventilator ist aus und es ist still, eine wahnsinnige Stille, kein
Geräusch dringt zu mir.
Ich gehe auf und ab und simuliere vor mich hin. Jetzt bist du ein
Ausgestoßener der Ausgestoßenen, aus dem Knastleben verdammt.
Der normale Vollzug wird zur goldenen Freiheit.
Selbstgespräch
Jetzt eine Zigarette, Musik, eine Cola, Ball spielen, was essen, sich
unterhalten, ein bisschen lesen, aus dem Fenster sehen, einen Brief
schreiben.
Aber auch hier die Zeit geht rum, muss rumgehen, wie viel Bunker
hat der Peter schon ab, oder der Alfred erst, ach klar, ist alles
vergänglich, gestorben ist hier noch keiner, was die anderen
können, kann ich auch.

Jetzt bin ich aber lange genug auf und ab gewandert, die Matratze sieht ja auch zum Kotzen aus, egal, ist ja „nur" vorübergehend, hoffentlich kann ich pennen.

Selbstgespräch

Mann, was ist jetzt, ich kriege ja keine Luft mehr, verflucht, ich ersticke gleich, ich kann ja kaum noch atmen, ich brauche Luft, Atemluft, mein Hals ist ganz trocken, das gibt es nicht, das halte ich nicht durch, ich renn gleich mit dem Kopf wider die Tür, ich drehe durch, ich fühle, Herzklopfen habe ich auch, wenn mir jetzt was passiert, ich habe Angst, ich kann ja hier verrecken, die Klappe werfen? Was soll ich sagen? Etwa Luft? Etwas Wasser? Die treten mir in den Arsch, wenn die überhaupt kommen, aber hier das schaffe ich nicht.

(Sehnsüchtig sehe ich nach den paar in sich versetzten Luftlöchern in den Glasbausteinen, aber sie sind in unerreichbarer Höhe)

Oh Mann was soll ich bloß machen, was mach ich bloß, was ich kann nicht mehr, nicht mehr.

Mensch, beruhige dich mal, setze dich mal, die Nacht geht doch auch rum, vielleicht kannst du morgen mit einem reden und kommst raus, bis zum Frühstück kann es ja nicht mehr allzu lang dauern, dann geht ja die Tür auf, dann hast du ja Luft, vielleicht lassen die einen Moment länger auf, bestimmt wenn du denen das erklärst, Durchdrehen bringt doch nichts, haben die dich schon so weit, dass du auf dich selbst losgehst, nein aber für was das alles, alles meine ich, du musst, du musst, du musst durchhalten, es geht doch schon wieder, das Herzklopfen ist ja auch fast weg, also, lege dich wieder hin, ja das ist das beste, nicht zu tief atmen, ganz ruhig sein, es könnte schlimmer sein. Stell dir vor:
die Heizung wäre noch an
und du wärst festgeschnallt
und du hättest eine Nadel im Bauch
und die wäre glühend
und würde unter Strom stehen
und, und, und,
also siehst du, es geht doch, es ist doch gar nicht so schlimm, dösen bis zur nächsten Panik.

Von den JVAs in Wiesbaden, Dieburg, Butzbach, Limburg und Frankfurt kenne ich die B.-Zellen vom Ansehen und

Selbsteinsitzen, mein längster Bunker waren 21 Tage. In ihrer Struktur waren sie alle gleich mit unwesentlichen Unterschieden. Vor dem „Bunkerantritt" wird man durchsucht und bekommt extra Kleidung, um Selbstbeschädigung zu verhindern, man kann praktisch nur noch mit dem Kopf gegen die Wand rennen.
Da in den B.-zellen logischer Weise unbequeme Gefangene einsitzen, haben die Grünen natürlich Zeit, wenn die Notrufanlage betätigt wird (sich entsprechend vorzubereiten), wenn sie überhaupt kommen, bzw. die Tür aufmachen.

Staatsanwaltschaftliche Ermittlungen wegen gewalttätiger Übergriffe

Staatsanwaltschaft beim Landgericht Frankfurt am Main 6. 10. 75

Sehr geehrter Herr Dr. H.!

Unter dem Verfahren R2 Js 819/75 führe ich ein Ermittlungsverfahren zum Nachteil Larry B.. Diesem Ermittlungsverfahren liegt eine Anzeige zugrunde, deren wesentlicher Inhalt lautet wie folgt:
„In der Nacht vom 26. auf den 27. 6. 1975 stellten sich ... Beschwerden ein. Der Anzeigeerstatter (Larry B.) meldete sich zum Sanitäter. Er wurde zur Untersuchung geholt und bekam lediglich Zäpfchen ausgehändigt. Da der Anzeigeerstatter aus vorangegangenen Untersuchungen wusste, dass ihm bisher Zäpfchen nicht verabreicht worden waren,und er sie für ein Abführmittel hielt, warf er die Zäpfchen mit einer heftigen Handbewegung und dem Ausruf „Das ist doch Scheiße" auf den Tisch.
Daraufhin versetzte der Sanitäter, ohne dass er zuvor irgendeine verbale Zurechtweisung auch nur versucht hätte, dem Anzeigeerstatter Faustschläge auf Stirn, Augen und Kinn und Fußtritte an den Oberschenkel. Er schlug den Anzeigeerstatter regelrecht zusammen.
Um die Folgen dieses Überfalls zu vertuschen, wurde veranlasst, dass der Anzeigeerstatter in die sog. „Beruhigungszelle" der Sanitätsabteilung vor den Blicken Unbeteiligter verborgen wurde.

33

Damit sollte der Täter gedeckt und begünstigt werden. Das gelang insofern nicht, als der hiermit als Zeuge für den Verletzungsumfang benannte Anstaltspfarrer Dr. Lothar H. den Anzeigeerstatter am 28. und am 29. 6. 1975 in der Beruhigungszelle besuchte, wo er sich durch Augenschein von den noch am 29. 6. 1975 vorhandenen kräftigen Schwellungen im Gesichts- und Oberschenkelbereich überzeugen konnte.

Bereits am 28. 6. 1975 (einem Samstag) war ein Anstaltsarzt beim Anzeigeerstatter in dieser Zelle gewesen, dessen Bemühungen darin bestanden hatten, dem Anzeigeerstatter zu eröffnen, er müsse noch bis Montag (30. 6. 1075) in dieser Zelle bleiben. Dies geschah, obwohl der Verbleib in der stark überheizten und anormal kleinen Beruhigungszelle eine überflüssige Quälerei darstellte und obwohl der Anzeigeerstatter erkennbar an Verletzungsfolgen litt. Der Anzeigeerstatter bat dann den Zeugen Dr. Helm darum, ihm Schmerz- und Beruhigungs- oder Schlafmittel zu beschaffen."

Nach der vorstehend wiedergegebenen Anzeige und dem Bericht des Leiters der JVA Frankfurt I vom 3. 7. 1975 an den Herrn Hessischen Minister der Justiz müssen die Herrn Sanitätsbediensteten M. und W. und Herr Dr. W. als die in der Anzeige Beschuldigten angesehen werden, während Herr Dr. G. und Herr Dr. H. als Zeugen in Betracht kommen. Während sich Beschuldigte zu den gegen sie erhobenen Vorwürfen nicht zu äußern brauchen und jederzeit einen Anwalt zu Rate ziehen können, sind Zeugen grundsätzlich verpflichtet, über ihre Wahrnehmungen Mitteilung zu machen.

…

Mit vorzüglicher Hochachtung

D. , Staatsanwalt

N.B. So gut wie nie kommt es bei solchen Vorfällen zu einem Urteil gegen die prügelnden Beamten.

Stanislawski (Peter M.)

Ich hatte einen alten Freund gebeten, mir ein Buch mit Texten von Stanislawski zu besorgen. Heute habe ich es bekommen und gleich drin rumgelesen. Dabei fand ich eine Passage, die ich mehrmals lesen musste, weil ich das Gefühl hatte, sie sei gerade für mich geschrieben. Ich zitiere ein paar Sätze: „Jeder Mensch hat in seinem Leben nicht nur eine, sondern mehrere Katastrophen erlebt. Das Gedächtnis behält sie in Erinnerung, aber nicht alle Einzelheiten, sondern nur bestimmte Züge, die den stärksten Eindruck hinterlassen haben Aus vielen solcher Erlebnisspuren entsteht eine einzige große, verdichtete, erweiterte und vertiefte Erinnerung an gleichartige Empfindungen ... Die Zeit ist ein vorzüglicher Filter, ein großartiges Reinigungsbad der Erinnerungen an durchlebte Empfindungen. Mehr als das – die Zeit ist eine vortreffliche Künstlerin. Sie reinigt die Erinnerungen nicht nur, sondern verwandelt sie auch dichterisch. Dank dieser Fähigkeit des Gedächtnisses werden sogar die düsteren, krassen Erlebnisse mit der Zeit schöner, künstlerischer, was ihnen einen verlockenden, unbezwinglichen Reiz gibt..."
Ich hätte jubeln können, als ich das las. Hier finde ich ja die Bestätigung für mein Vorhaben, das scheinbar unmögliche Vorhaben, die Trennscheibe zu überwinden, die uns hier drinnen von der Welt draußen trennt und abschneidet. All die niederschmetternden, demütigenden Erfahrungen, die mein Leben hinter Gefängnismauern ausmachen – sie können und werden einmal eine dichterische Form finden; man wird sie lesen können, vielleicht auf der Bühne betrachten können – man wird mitleiden und sich freuen können an dem, was ich auch hier an Schönem und Gutem erfahren habe.
Aber jetzt kommen die Zweifel, die Fragen, die mich an dem ganzen Unternehmen irre machen, die drohen, mir den Mut zu rauben. Bin ich doch ein Ausgestoßener, ein Verfemter. Habe ich mich doch schuldig gemacht nach dem Buchstaben des Gesetzes. Es ist immer wieder die gleiche Wand, an die ich stoße – noch bevor ich anfangen kann, etwas aufzuschreiben. "Das hätte er sich vorher überlegen müssen" höre ich die Leute sagen, und: „Wer

nicht hören will, muss fühlen" Wer interessiert sich denn für das, was sich hinter Gefängnismauern abspielt? Manchmal gibt es ja Nachrichten über Gefängnisskandale, wenn etwa ein Gefangener von Mithäftlingen zu Tode geprügelt wird. Aber der normale Alltag – wer ist daran interessiert?

Dies irae

Dies irae, dies illa, solvet saeclum in favilla, teste David cum Sybilla.
Quantus tremor est futurus, quando judex est venturus, cuncta stricte discussurus.
Tuba mirum spargens sonum per sepulcra regionum, coget omnes ante thronum.
Mors stupebit et natura, cum resurget creatura, judicanti responsura.
Liber scriptus proferetur, in quo totum continetur, unde mundus judicetur.
Judex ergo cum sedebit, quidquid latet apparebit, nil inultum remanebit.
Quid sum miser tunc dicturus? Quem patronum rogaturus, cum vix justus sit securus?

Jener Tag, Tag des Zorns, wird die Welt in Asche auflösen, wie David und die Sybille bezeugen.
Welches Zittern wird sein, wenn der Richter erscheint, der alles genau erörtern wird.
Die Trompete wird mit fürchterlichem Tönen die Gräber aller Regionen vor den Richterthron befehlen.
Der Tod und die Natur wird staunen, wenn die Schöpfung auferstehen wird, um sich vor dem Richter zu verantworten.
Ein geschriebenes Buch wird hereingetragen, in dem alles enthalten ist, wofür die Welt gerichtet wird.
Wenn dann der Richter Platz nimmt, wird offenkundig werden, was verborgen ist, nichts wird ungerächt bleiben.
Was werde ich Elender dann sagen, wen um Beistand bitten, wo doch sogar der Gerechte kaum sicher sein kann?

Protokoll der Unruhen Mai 1976 (Rudolf)

Ein Flugzeug überfliegt das Gefängnis

… 16.45 – Ein langgezogenes Schreien vom Neubau, mehrere hundert Stimmen. Schläge gegen die Blenden. Es kommt noch zögernd, das Abendessen ist gerade erst ausgegeben worden. Einen Moment denke ich, dass die Schreie von außen kommen. Es hört sich an wie eine tausendköpfige Menge bei einem Fußballspiel, bei dem gerade das entscheidende Tor geschossen worden ist. Jetzt dröhnt es noch stärker. Schrilles Pfeifen. Dann wird es wieder still. Langsames Klopfen. „Mörder! Mörder! Mörder! Mörder! Mörder! Mörder!" Wieder sind einige hundert Stimmen da, die es rufen. Klopfen. Die Grünen hier drin werden nervös.
Die Station vier ist auf der Bewegungsplattform in den Streik getreten. Meine Vermutung war richtig. Sie haben ein Leintuch mit der Aufschrift „Streik" am äußeren Gitter angebracht. Es ist von außen zu sehen. – Gestern war es die fünfte Station gewesen.

Plötzlich geht's los.
Rhythmischer Sprechchor: „Mörder! Mörder! Mörder! Mörder! Mörder!" Trommeln. Hunderte schlagen mit Fäusten gegen die Betonblenden. Rufe. Hunderte Rufe. Dazwischen ein schrilles Pfeifen. „Haaaaaaaaaaaaaaaaaaaah! Haaaaaaaaaaaaaaaaaaaaaaaaaaaaaaaaah! Einige Minuten lang. Schreie „Freizeit! Freizeit!" und „Mörder! Mörder! Mörder!" Hier drin fängt es ebenfalls an. Ein langgezogener A-Laut. Irgendetwas Eisernes schlägt gegen die Gitter. Der Krach wird immer lauter. Es klingt wie Geschelle- Mehrere Eisen krachen dauernd auf die Gitter. Immer noch Schläge gegen hundert Blenden. Jetzt schlagen wohl alle Sechshundert oder Siebenhundert oder noch mehr. Wie ein Erdbeben, es dröhnt in den Ohren. „Freizeit, Freizeit!" Sprechchor. Ich verstehe nicht, was er ruft. „Haaaaaaaaaaaaaaaaaaaaaaaaaaah!" Pfeifen. „Freizeit, Freizeit, Freizeit!" Eisenstäbe krachen. Ein hartnäckiges Knacken. Brechen sie die Gitter auf? Es hört sich an wie auf der Baustelle. Trommeln. Ein ungeheurer Ton ist in der Luft, etwas, was ich noch nie gehört

habe. Es vibriert wie bei einem Erdbeben. Hier fangen einige auch an. Wieder Eisenstäbe. Pfeifen. „!" „Haaaaaaaa" „Freizeit!" „Mörder! „Freizeit!" „Mörder!"„Bambule, Bambule!" Klingeln mit Eisenstäben. Langsam ermüdet das Trommeln. Schon einige ermüden. Pfeifen. Es hält aber an. Wird sogar noch stärker. Einer schreit wie ein Tobsüchtiger: „Mörder!" „Mörder!" „Mörder!" Das Trommeln wird noch lauter. Nimmt wieder ab. Jetzt scheint es zu Ende. Nur noch ein paar heftige Trommeln. „Bambule!" Jetzt plötzlich Stille. Ein Ton, als ob jemand gähnt. Einer schlägt noch. Zwei, drei, immer mehr. Es geht wieder los. Hier drin auch, aber nur kurz. Jetzt ein rhythmisches, diszipliniertes Trommeln. Der Ton ist ungeheuer. Er ist kilometerweit zu hören. Die Luft scheint zu zittern. Wie eine riesenhafte Maschine, die stanzt, die immer schneller hunderte von Hämmern auf Beton aufschlagen lässt. „Freizeit für alle!" „Mörder!" Einer schlägt allein, um die Trommeln wieder anzureizen.

Umsonst. Hier drin schlägt einer gegen die Tür. „Freizeit für alle!" Es geht von neuem los. Klopfen gegen Beton. Immer mehr. Unverständliche Schreie. Dann Ruhe. Ich höre ein Klo rauschen. Einer klopft. Wieder stärker, wieder sind die anderen auch da. Aber nur kurz. „Freizeit für alle!" „Bambule!" „Mörder!" „Freizeit für alle!" Ein Klopfen wie auf Blech. Wie Blechtrommeln. Eisenschläge. Einer brüllt „Freizeit für alle!" Trommelrühren danach. Die Betonblenden eignen sich hervorragend zum Trommeln. Der Resonanzboden ist der Zwischenhof zwischen dem Plattformquader, wo die Besetzer sich festgesetzt haben, und dem Zellensilo. Das ist ein großer Schacht zwischen zwei Betonsteilwänden, der alle Töne vielfach verstärkt zurückwirft. Jetzt ist es still. Hier drin klopft einer. Es geht draußen wieder los. Trommeln. Ohne Unterbrechung. Schreie. Regelmäßiges, langsam abnehmendes Trommeln, das aber sofort wieder stärker wird. Immer dasselbe Trommeln. Es sind nicht mehr alle dran. Schreie hier drin. Dann still. Eine Unterhaltung am Fenster. Motorengeräusche von draußen.

Draußen steht vermutlich die Polizei, sie hat die Anstalt umstellt. Wieder Klingeln auf den Gittern und Trommeln auf Beton. Auch die Eisenstäbe melden sich wieder. Klopfen. Trommeln auf Beton Dann wieder Ruhe. Ein kurzes Klingeln. Pause. Einer fängt wieder an. Alle ziehen nach. Auch hier drin. Schreie. „Aaaaaaaaaaaaaaah!"

39

Einer trommelt Solo im lustigen flinken Landsknechtstakt. Die einzige Trommel ist vielleicht einen Kilometer im Umkreis zu hören. Monotones Trommeln setzt ein. Ungeheuer laut. „Freizeit für alle!" Jetzt trommelt der ganze Bau wieder. Sie trommeln jetzt alle melodisch, nicht mehr in einfachen Rammstößen wie am Anfang. Plötzlich wieder Ruhe. Schreie „Freizeit für alle!" Einer äfft nach: „Freiheit!" Draußen höre ich die Kinder rufen: „Freizeit!" Es ist wieder still.

Es geht wieder los. Alle sind sofort wieder da. „Freizeit für alle!" Krachen und Pfeifen,das ein Feuerwerk imitieren soll.

Hier drin ist es verhältnismäßig ruhig.Trommeln. Die Luft ist voll von dem dumpfen Ton der Trommeln. Es gibt keinen anderen Ton mehr hier draußen als dieses Trommeln. „Mörder!" „Mörder!" „Mörder!" „Freizeit für alle!" Einer singt.

„Bambule!" „Freizeit!" Pfeifen. Nachlassendes Trommeln. Wieder taucht die Landsknechtstrommel auf und spornt die anderen an, begleitet von Klingeln und dem hartnäckigen Schlagen des Brecheisens. Ein langgezogener Ton aus vielen Kehlen, Pfeifen. Imitiertes Feuerwerk. Der langgezogene Ton nimmt zu. „Freizeit für alle!" ruft einer dazwischen. Es sind die unter den Betonblenden. Die Leute auf der Plattform hört man stärker. Einer schreit hier drin auf wie ein gefährliches Tier, das zum Sprung ansetzt. Bang, Bang, Bang, Bang, Bang, Bang, Bang macht es von drüben. Das Brecheisen, Klingeln, Trommeln. Es dauert jetzt schon mindestens eine halbe Stunde. Es ebbt wieder ab. Dann ist Stille. „Freizeit für alle!" Baaaaaaaaaaambuuuuuuuuuuuuuuuuule!" Die Landsknechtstrommel. „Freizeit für alle!"

Ein Chor über mir ruft es auf die Straße. Jubel. „Jaaaaaaaaaaah!" Neue Stimmen aus einer anderen Richtung. Sind jetzt die Frauen wachgeworden? „Freizeit für alle!" Die Landsknechtstrommel. Sofort sind die anderen Trommeln wieder da. Hier drin kracht es jetzt auch öfter. Oben brüllen sie wie durstige Ochsen aus dem Fenster. Über mir schreit der Zwerg. Das Trommeln nimmt wieder ab. Nur noch ein paar. Dann Stille. Der Zwerg schreit:"Freizeit für alle!" „Haaaaaniiiii!" schreit einer, der immer nach seiner Frau im Frauenknast gegenüber schreit. Ein kurzer Trommelton. Dann ist es wieder still. „Macht weiter!" „Uuuuuuuuuuuuuuuuuuuuha!" höre ich aus dem Zellenhaus. Einer fängt wieder an. Klopfen mit einer Blechbüchse. „Bambule!" ahmt einer einen Schwulen nach.

„Huuhuhuhuhuhuhu!" „Freizeit für alle!" brüllt jetzt eine gewaltige Stimme von der Betonfelswand. Sofort stimmt die irgendwo versteckte Landsknechttommel ein. Alle ziehen nach. Immer stärkeres Klingeln dazwischen. Die Brechstangen. Dann ist es schlagartig wieder still.

Ich höre einen schweren LKW die Straße hinter der Mauer hinauffahren zum Eingang der JVA I. Um diese Zeit kommen die Zugänge aus dem Polizeigewahrsam. „Bambule!" Krachen. Einer schlägt hart an, mit Holz oder Eisen an Beton. Aber keine Resonanz. Es ist wieder still. Zwei schreien sich auf 100 Meter Distanz etwas zu. Wahrscheinlich zwischen Zellenhaus und Plattform. Alle halten still, um die Rufe nicht zu stören. „Mörder!" schreit dann wieder einer. Sonst ist alles still. Man hört nur ein paar Stimmen. Sie unterhalten sich.

Ein Flugzeug überfliegt das Gefängnis

....

Den dritten 'Tag sind wir eingeschlossen. Sie lassen uns nicht mehr ins Freie. Statt aufzuhören, griff die Unruhe erst richtig auf das Kleine Haus über, das näher an der Straße ist. Zum ersten Mal habe ich hier alles krachen hören. Das Signal kam vom Hauptbau. Eine schrille Stimme, die eine Sirene nachahmte. Die Sirene verstärkte sich mit anderen Stimmen, die einen einmal tiefen und einmal hohen Kehllaut erzeugten. Die Erregung hier drin nahm sofort zu. Die Sirene, die sich dauernd wiederholte, und das Türrasseln hier drin schienen einen Trancezustand herzustellen, und sie fingen hier drin auch an, im Chor Kehllaute auszustoßen, ein abgehacktes Haaaaaaaaa Haaaaaaaaaaa Haaaaaaaaa. Dazu die Trommeln, zum ersten Mal über die ganze Front verteilt und überlegter als gestern, mit Pappkartons, die ans Fenster gehalten werden und allen möglichen anderen Werkzeugen.

Den ganzen Tag über ist es unruhig. Am Abend scheint es nach einigen größeren Ausbrüchen abzuflauen. Die Rufe „Ruhe!" werden mehr. In der Unruhe geht eine Veränderung vor. Die früheren Rufe nach „Freizeit!" verschwinden fast ganz. Stattdessen erscheint ein anarchischer, makaber-witziger Ton. Die Formeln scheinen eine Zeit lang überhaupt zu verschwinden und einfach den Wutausbrüchen Platz zu machen.

Am Abend, 19 Uhr, bricht es in voller Stärke wieder los. Vorher war es bereits lange Zeit ruhig gewesen. Das Kleine Haus diesmal vollständig in Rage. Sprechchöre, die jetzt statt „Freizeit!" „K. weg – Anstalt weg!" rufen. Hier drin schlagen alle gegen die Zellentüren.

Stundenlanges Trommeln. Die Unruhe dauert bis Mitternacht. Rufe noch bis morgens.

Die Grünen lassen das häufige Brüllen aus den Zellenrufanlagen über sich ergehen. Sie verhalten sich passiv, wie unbeteiligt. Bisher scheinen sie nicht angegriffen worden zu sein. Die Unruhe geht über sie hinweg.

In der Nacht wache ich ein paarmal auf, und am Morgen glaube ich mich an Trommeln zu erinnern, ich kann aber auch davon geträumt haben. Das Trommeln ist zur Gewohnheit hier geworden. So schnell wird es nicht mehr verschwinden. Das ganze Gefängnis ist das Musikinstrument, auf dem wir spielen. Jeder der siebenhundert oder achthundert Gefangenen, eingeschlossen in seine Zelle, schlägt gegen die Blende, die ihm den Blick nach draußen verstellt. Die Blenden sind die Trommeln, die Gitter eine Art Klavier, dazu die verschiedenen Instrumente wie Besen, Konservendosen, Plastikeimer, das Essbesteck, die Schlappschuhe, ein Karton …
Der Chor – hunderte Stimmen in allen Tonlagen, in allen Sprachen! Sein babylonisches Geschrei.

Am Morgen des 16. Mai frohe Stimmung. Sofort nach dem Wecken erscheinen wieder die Trommeln.

Ein fröhlicher Sprechchor ruft:"Freiheit, Freiheit!"Einer, gutmütig-fröhlich, ruft: „K., du Mörder!" „Häng die rote Fahne raus, Mickymaus!" - Trommeln um 9,30 - „K. Weg! Freiheit, Freiheit!"
Gegen 10 Uhr ruhig. Vereinzeltes Trommeln.

Mittags kurzer Ausbruch. Sonst noch ruhig, aber man fühlt den Mut.

Dann holen sie uns.

Station in Aufruhr

Eine Revolte, ein Aufstand der Gefangenen ist eine ganz hoffnungslose Angelegenheit. Keine Justizverwaltung, keine Gefängnisleitung wird den Forderungen von streikenden oder revoltierenden Gefangenen nachgeben. Es handelt sich also um ohnmächtigen Protest, um ein Überkochen von angestauter Wut

42

und Hilflosigkeit.

Die Revolte vom November 1976 wurde ausgelöst durch den Selbstmord eines Untersuchungsgefangenen. Auf Station 9 begannen einige Gefangene (die Anstaltsleitung spricht von fünf „Rädelsführern") einen Sitz- und Hungerstreik in einem der vergitterten „Freizeithöfe". Der Streik wurde einen Tag und eine Nacht durchgehalten. Er verlief ohne irgendwelche gewalttätigen Zwischenfälle, allerdings war er verbunden mit Sprechchören und „Mörder"-Rufen. Als wieder Ruhe eingekehrt war und die Streikenden in ihre Zellen zurückgekehrt waren, wurden die „Rädelsführer" aus ihren Zellen geschleppt und in andere Anstalten verlegt.

In Folge verhängte die Justizverwaltung ein Bündel von Maßnahmen. Die Gefängnisseelsorge wurde besonders betroffen durch den Ausfall der Arbeitskreise, das Verbot des Gottesdienstes am 1. Advent und das Verbot der Einzelseelsorge für alle, die sich am Streik beteiligt hatten, also praktisch für die ganze Station 9. Es wurde behauptet, dass diese Maßnahmen mit der Kirchenleitung abgesprochen seien, was aber nicht zutraf.

Als der Gottesdienst wieder zugelassen wurde, wurde eine Aufteilung nach Stationen verfügt, sodass nur alle 14 Tage Teilnahme am Gottesdienst möglich war. Der Protest der ev. und kath. Seelsorger hatte keinen Erfolg. Sie zogen ein bitteres Resümee:

Folgen für unsere Arbeit:

Der Schwerpunkt unserer Arbeit lag beim Gottesdienst und bei der Gruppenarbeit – bei ca. 700 Insassen ist Einzelseelsorge nur in sehr begrenztem Umfang möglich.

Ohne jede Begründung und ohne mit den Pfarrern Rücksprache zu nehmen werden so einschneidende Maßnahmen einfach diktiert. Man muss bedenken, dass die allgemeine Reduktion der Freizeitmöglichkeiten die Stationssprechereinrichtung und jede Initiative der Gefangenen lähmt. Auch davon wird unsere Arbeit betroffen, da wir uns in den Arbeitskreisen und auch sonst um Verbesserung der Bedingungen hier bemüht haben. Vielleicht hängt es damit zusammen, wenn wir jetzt genau wie die Gefangenen auch einfach überfahren werden, wenn die Garantien der Untersuchungshaftvollzugsordnung und des Grundgesetzes außer Kraft gesetzt werden...

Ich bin seit 7 Monaten in Haft (Rudolf)

In diesen 7 Monaten habe ich zwei oder drei Briefe schreiben können, die ankamen. Die übrigen Briefe verschwanden in der Zensur.
Ich habe deshalb den Briefverkehr ganz abgelehnt.
Manchmal bekomme ich noch eine Zeitung, die ich nicht bestellt habe und die mich nicht interessiert. Sonst nichts mehr.
Über die Zustände hier im Untersuchungsgefängnis Frankfurt habe ich einen Bericht für das Internationale Rote Kreuz geschrieben. An diesem Bericht habe ich drei Monate gearbeitet. Er wurde bei meiner Deportation nach Butzbach – nach den Unruhen in der JVA 1 – beschlagnahmt und ist seitdem verschwunden. Er ist auch nicht bei meiner Habe, die mir nicht gegeben wird, d. h. auf der Kammer bleibt.
Von meinem Verfahren erfahre ich nichts. Ich weiß nicht, was da vorgeht. Manchmal lese ich etwas darüber in der Zeitung. Ich habe keinen Anwalt. Es ist eine Art Kafka'scher Prozess. Das Verfahren schwebt, aber man weiß nicht, wo.
Das einzige, was ich davon zu sehen bekomme, sind die zahlreichen Beschlagnahmebeschlüsse für meine Briefe. A l l e Briefe, ohne Ausnahme, werden beschlagnahmt. Der Grund ist wohl, dass ich es nicht lassen kann, meine Umgebung zu beschreiben. Inzwischen habe ich aber das Briefeschreiben aufgegeben.
Infolge der Haftbedingungen, die eigentlich so sind wie für alle hier, wurde ich krank: Kreislaufstörungen, psychosomatische Symptome, Angstzustände, Konzentrationsstörungen usw. – zusammengenommen eine immer schwerere Behinderung. Ich dachte, ich könnte von einem Arzt draußen, den ich kenne, untersucht und vielleicht auch behandelt werden. Aber der Brief, in dem ich einen Arzt verlangte, wurde beschlagnahmt und ein Verfahren gegen mich eingeleitet, wozu man diesen Brief angeblich als Beweisstück festhalten wollte. Der Grund vermutlich: ich hatte in dem Brief – der übrigens an den Anstaltspfarrer hier in der JVA 1 gerichtet war – von der miserablen medizinischen Versorgung im Butzbacher Gefängnis

44

geschrieben. Statt des Arztes, den ich nicht benachrichtigen konnte, kam – angeblich auf meinen Antrag – ein Psychiater. Er kam auf Antrag des Staatsanwalts, offenbar um ein Gutachten zu produzieren, mit dem der Staatsanwalt vielleicht etwas hätte anfangen wollen. Um meine Beschwerden hat sich bisher noch niemand gekümmert, und das ist vielleicht auch besser so.

Obwohl ich schriftlich erklärt hatte, dass ich mich so krank fühle, dass ich weder transportfähig, noch verhandlungsfähig wäre, wurde ich zwei Wochen nach dieser schriftlichen Erklärung ohne eine ärztliche Untersuchung vorher auf Transport geschickt –in glühender Hitze in einer engen Kabine ohne Luftzufuhr, mit langen Zwischenaufenthalten in zwei anderen Gefängnissen, bei denen der Transportbus in der Hitze stillstand und wir in unseren engen, heißen Kästen eingeschlossen blieben.

Im Gefängnis Butzbach war ich eine Nacht lang in einer tresorartigen Bunkerzelle eingesperrt, in der ich fast erstickte (und zwar wörtlich zu verstehen) weil es keine Luftzufuhr gab.

Besuche sind praktisch unmöglich. Ich hatte nur einmal – in sieben Monaten – einen Besuch, das war ganz zu Anfang, als die Kontrollen noch nicht so waren wie sie jetzt sind. Wie ich gehört habe, werden jetzt auch Besucher einer Leibesvisitation unterzogen. Beim Besuch sollen LKA-Beamte dabei sein, so dass der ganze Inhalt der Gesprächs protokolliert werden kann und in die Akten einfließt. Vor und nach dem Besuch müssen wir uns ausziehen und werden die sadistischen Prozeduren vorgenommen, auf die die deutsche Justiz, trotz Metallsuchgeräten wie sie auf den Flughäfen benutzt werden, nicht verzichten will. Wegen dieser Kontrollen habe ich Besuche abgelehnt.

Eine Strafprozessvollmacht, die ich für einen Anwalt hinaus schicke, ist offenbar bei der Zensur verschwunden. Ich bekam von diesem Anwalt nie eine Antwort. Ich habe die schwache Vermutung, dass auch zwei Briefe an Anwälte, die als Verteidigerpost deklariert waren, verschwunden sind. Ich kann das praktisch aber nicht nachprüfen.

Statt des Anwalts kam ein „Pflichtverteidiger", der ebenso gut von der Polizei hätte sein können. Eigenartigerweise wurden bei seinem Erscheinen im Gefängnis Butzbach weder ich noch er durchsucht, was sonst immer gemacht wird.

Diesen Pflichtverteidiger habe ich abgelehnt – auch ohne genau zu

wissen, ob das überhaupt ein Anwalt war, der da erschienen ist.
„Ein Anwalt nützt Ihnen sowieso nichts" meinte der Haftrichter J.
Das war im Polizeipräsidium beim Empfang des Haftbefehls. Es
saß noch jemand dabei, der das Protokoll schreiben sollte. Diesen
Satz hat er allerdings nicht geschrieben.

Ohne Besuch, ohne Briefe, ohne Anwalt und ohne einen Arzt, der
kein Kollaborateur ist, wäre meine Isolation von der Außenwelt
vollkommen. Ich könnte verschwinden, ohne dass man draußen
etwas erfahren würde; ich könnte in eine Klinik verschleppt
werden, wie sie es mit anderen gemacht haben, und mit Spritzen
allmählich abgetötet werden, und man könnte mich mit einem
entsprechenden Gutachten und entsprechend präpariert beim
Prozess als Irren präsentieren. Sie können in dieser Lage mit mir
machen, was sie wollen – und ich weiß nicht, was sie bezwecken,
Ich werde aus meiner Zelle geholt und in eine Arrestzelle gebracht
– und ich bin völlig ahnungslos. Ich werde geholt und in einem
Transportbus weggebracht, ohne meine Papiere oder überhaupt
etwas mitnehmen zu können – und weiß nicht, was da vorgeht.

Man bringt mich in ein Gefängnis (Butzbach), wo mich ein Spalier
von Grünen mit Gummiknüppeln erwartet und wo man instruiert
ist, dass ich gefährlich wäre – und sie schleppen mich in eine
Arrestzelle, wo ich mich nackt ausziehen muss und behandeln
mich wie ein eingefangenes gefährliches Raubtier.

Auf der Fahrt gibt es einen Zwischenfall, der seltsam ist: der
Transportbus hält neben der Straße, und man beginnt auf einen
oder mehrere Gefangene einzuschlagen, und zwar so, dass jeder
von uns glaubt, nun schlagen sie uns tot. Die Türen sind offen, und
vor den offenen Türen, außen am Bus, stehen sie mit der
Maschinenpistole.

(Der Verfasser ist Mitglied des „Gefangenenrats". Manches klingt
nach Verfolgungswahn. Ich halte es aber trotzdem für möglich,
dass sich alles genauso abgespielt hat.)

Offertorium

Domine Jesu Christe, Rex gloriae, libera animas omnium fidelium
defunctorum de poenis inferni et de profundo lacu.
Libera eas de ore leonis, ne absorbeat eas Tartarus, ne cadant in
obscurum.
Sed signifer sanctus Michael repraesentet eas in lucem sanctam,
quam olim Abrahae promisisti et semini ejus.

Herr Jesus Christus, König der Herrlichkeit, befreie die Seelen
aller abgeschiedenen Gläubigen von den Strafen der Hölle und
dem tiefen See.
Befreie sie aus dem Rachen des Löwen, damit sie der Tartarus
nicht verschlingt, damit sie nicht in die Finsternis stürzen.
Aber der Bannerträger Michael wird sie in das heilige Licht
bringen, das du einst dem Abraham und seine Nachkommen
versprochen hast.

Predigt über Römer 8, 19-24 in der Justizvollzugsanstalt Frankfurt
Preungesheim
Juni 1975

„Eine Handvoll Dynamit" nennt ein moderner Übersetzer den
Römerbrief und will damit zum Ausdruck bringen, dass hier eine
Sprengkraft drin steckt, die gefährlich werden kann für
versteinerte, zementierte Verhältnisse.
Worin steckt das Dynamit – oder sollte der Mann den Mund zu voll
genommen haben? Sehen wir zu!
Da wird also behauptet: Alles, was geschaffen ist, ist der
Nichtigkeit unterworfen.
„Nichtigkeit" – wir denken an den Beton, der uns umgibt, an die
Gitter, verschlossene Türen, hohe, mit Stacheldraht versehene
Mauern – wir denken an die Verzweiflung, die uns manchmal
überfällt, das Gefühl der Sinnlosigkeit, das Gefühl, gegen eine
Mauer zu rennen, wenn von hier aus unsere privaten
Angelegenheiten auch nur so einigermaßen ordnen wollen, oder
uns um Verbesserungen im Haus bemühen.
Ja, das leuchtet uns ein, nur zu sehr! Der Nichtigkeit sind wir
unterworfen. Aber – Paulus redet ja nicht nur von den Gefangenen,
er redet von der ganzen Schöpfung. Also: Für al l e soll das
gelten, was wir hier als Besonderheit des Gefängnisaufenthaltes
empfinden. A l l e stehen, wenn sie ihre Lage nüchtern
einschätzen, wenn sie nicht davonlaufen, sich ablenken und
zerstreuen, vor der gleichen trostlosen Erkenntnis: „Der Nichtigkeit
wurde das Geschaffene unterworfen".
Das ist also gerade n i c h t s knastspezifisches, sondern etwas
ganz allgemeines, ja das Allergemeinste – das alle gemeinsam
haben. Nur: Was nun doch besonders ist im Gefängnis: Dass Sie so
dieser Erkenntnis ausgesetzt, konfrontiert sind, ja mit der Nase
darauf gestoßen werden, Tag für Tag: W i e sinnlos das alles ist,
w i e nichtig. Und das macht für Menschen, die noch etwas fühlen
können, den Gefängnisaufenthalt so quälend und schwer erträglich:
In der Tinte sitzen und täglich noch mehr oder weniger drauf
aufmerksam gemacht werden, w i e tief man drinnen sitzt – das
hält keiner so leicht durch. Da braucht man schon seinen Panzer,

48

damit einem das nicht aufs Gemüt schlägt.

Jetzt ist aber nicht überwiegend von solcher Trostlosigkeit die Rede bei Paulus, sondern vom geraden Gegenteil, von H o f f n u n g . Und diese Hoffnung ist deswegen so glaubwürdig, weil sie es nicht nötig hat, etwas an den realen Verhältnissen zu beschönigen oder zu vertuschen – so wie wir leider oft feststellen müssen, dass uns hier Hoffnungen gemacht werden, Hoffnung auf Reformen, die sich dann bloß als neue Verpackung für alte Inhalte erweist. Statt Strafe heißt es dann Resozialisierung, der Gefangene wird zum „Bewohner" und am Ende heißt der Knast „Klinik". Nein, eine solche Hoffnung durch Umbenennung, wo unter der Decke alles beim alten bleibt, versucht Paulus erst gar nicht zu machen. Wo liegt dann aber für ihn die Hoffnung, das Dynamit für den Betonpanzer namens „Nichtigkeit"? Hören wir ihn selbst:: ..."wird doch auch die Schöpfung frei werden von der Knechtschaft des Verwesens zur herrlichen Freiheit der Kinder Gottes".

In einem utopischen Roman wird ausgeführt, dass schon e i n Satz der auf Unfreiheit und Zwang in den gegenwärtigen Verhältnissen hinweist, mit dem Tod bestraft wird. Ja, so gefährlich kann es sein, die Dinge beim Namen zu nennen, - schon allein daran zu d e n k e n , dass es eine andere Freiheit geben könnte als die in den gegenwärtigen Verhältnissen. Nicht „mehr" Freiheit, nein, eine a n d e r e . Hier wird sie die „herrliche Freiheit der Kinder Gottes" genannt. Wie gesagt, schon so ein Gedanke kann eine gewaltige Sprengkraft entwickeln, dann Leuten Kraft zum Aushalten und Durchhalten geben, die sie n i e hätten ohne jene Hoffnung – eben bloß im Bewusstsein ihrer „Nichtigkeit". Nein, ohne Hoffnung gibt es kein Leben – und nur die Hoffnung lässt uns überhaupt eine schlechte, einengende, ja zerstörende Umwelt ertragen.

Wo sollen wir aber diese Hoffnung hernehmen? So höre ich Sie jetzt einwenden. Allerdings, Hoffnung gehört nicht zu den Waren, die die Firma Neckermann anbietet – hier nicht und draußen nicht. Klar, jeder soll „Hoffnung" haben – und so wird sie uns ständig in kleinen Dosen untergejubelt: den Konsumenten in bunten Katalogen und Prospekten, dem Gefangenen als Hoffnung auf die Revision, die 2/3-Entscheidung, Resozialisierung oder was auch immer. Was aber unter dieser Firma läuft, ist in Wirklichkeit nichts als eine große Entwertung der Hoffnung. Denn wer glaubt schon im Ernst an all diese Versprechungen?

Und trotzdem soll es eine Hoffnung geben? Eine herrliche Freiheit der Kinder Gottes?

Hier ist trotz aller Inflation der kleinen Hoffnungen und gegen sie zu sagen: Ja. Diese Hoffnung g i b t es, und wer sie einmal gesehen hat, der w e i ß es auch und will es weitertragen und selbst ein Stück weit verkörpern: die Hoffnung auf Freiheit.

Ich habe einmal einige von Ihnen gefragt, wie es denn kommt, dass der Gottesdienst hier ganz gut besucht ist, und dass die meisten, die hierher kommen, doch auch mit einem gewissen Interesse mittun und zuhören – sich eben zugehörig fühlen, auch wenn sie draußen nicht so leicht einen Fuß über eine Kirchenschwelle setzen würden. Mir wurde geantwortet: Da ist so ein gewisses Zusammengehörigkeitsgefühl, das man sonst in diesem Knast so nicht erlebt – nun gerade nicht die Illusion einer „heilen Welt" sonntags von 9-10, sondern ein bisschen ein freundlicheres Klima. Nun, man sollte das gewiss nicht überschätzen und übertreiben, was und hier in bescheidenem Rahmen möglich ist. Auch Paulus warnt davor, dass die Christen meinen, sie hätten das schon greifbar und vorzeigbar in der Tasche, wonach andere allenfalls Sehnsucht empfinden. Nein, schreibt er, auch wir, die wir eine Vorgeschmack des Geistes haben, wir seufzen bei uns selbst und erwarten die Einsetzung in die Kindschaft, die Erlösung unseres Leibes. – Das bedeutet, dass es diesen Unterschied so nicht gibt, dass auch und gerade Christen nicht für sich beanspruchen können, besser dran zu sein als andere Leute. Nein – aber hier im Gottesdienst werden wir doch immer wieder daran erinnert, dass es nicht nur Eingesperrt-sein gibt, Unfreiheit vor und hinter den Gittern, sondern dass es eine Hoffnung auf F r e i h e i t gibt, und dass schon diese Hoffnung uns manchmal stark und mutig machen kann, die Dinge beim rechten Namen zu nennen – und sich mit all dem nun auch wirklich abzugeben, was uns hier drückt und quält – in der festen Gewissheit, dass wir nicht erdrückt werden durch Sturheit, Gleichgültigkeit und Faulheit – unsere eigene und die unserer Mitmenschen.

Haben Sie auch das gehört: Um die Erlösung unseres L e i b e s geht es bei dieser christlichen Hoffnung. Das heißt: der Leib ist wichtig und nicht nur die Seele. Und wenn uns an einer Veränderung der Haftbedingungen liegt, oder sonst an ganz prosaischen, alltäglichen Sachen, dann liegt das ganz auf dieser Linie.

Von einer Hoffnung war also die Rede – und dass diese Hoffnung auch bei Ihnen nicht verloren geht, das wünsche ich Ihnen von Herzen für die kommende Woche und für Ihr weiteres Leben. Amen

Heute wundere ich mich über das „wir" in dieser Predigt :"wir sind umgeben von Beton, wir denken an die Verzweiflung" usw.
Offenbar habe ich mich schon völlig identifiziert mit den Eingesperrten, ignoriere, dass ich jederzeit das Gefängnis verlassen kann, ja dass ich zu den Schlüsselträgern gehöre. Wie kann ich mir das erklären, jetzt, aus der Distanz heraus?
Mir fallen Gespräche ein, die ich damals mit dem stellvertretenden Anstaltsleiter führte, einem jovialen Mann, überzeugter Katholik, der ganz beiläufig Ungeheuerliches von sich gab. „Wenn Jesus heute lebte, dann wäre er ganz schnell hier drin", oder, sich an mich wendend: Wenn Sie den und den besuchen (er nannte die Namen von Gefangenen, die als renitent galten), dann dürfen Sie sich nicht wundern, wenn Sie in den gleichen Sack gesteckt werden." Ich habe damals nicht erkannt, welche Drohung darin steckte, fühlte mich in meinem Amt unangreifbar und versuchte ihm zu erklären, dass ich zu jedem gehen muss, der mich um ein Gespräch bittet. Bald sollte ich merken, dass es Leute gab, die schon daran arbeiteten, mich zu kriminalisieren.

Die Apfelsinenstory

Der Untersuchungsgefangene Larry B. möchte während seiner Untersuchungshaft heiraten. Er bittet mich, die Trauung vorzunehmen. Ich sage zu.
Noch nie habe ich eine Trauung im Gefängnis erlebt, geschweige denn selbst jemanden getraut. Da muss eine richterliche Genehmigung vorliegen und der Anstaltsleiter muss zustimmen. Dann kommt ein Standesbeamter in die U-Haftanstalt hinein. Auch ein Aufsichtsbeamter muss zugegen sein, damit der Untersuchungsgefangene keine unzulässigen Informationen weitergibt oder empfängt.

Die Trauung findet in einer kahlen Besucherzelle statt. Außer dem Brautpaar, dem Standesbeamten, dem Aufsichtsbeamten und mir sind zwei weitere Untersuchungsgefangene als Trauzeugen anwesend. Aus meinen Aufzeichnungen geht hervor, dass es bereits zu Beginn zu einem Wortwechsel zwischen dem Aufsichtsbeamten und Herrn B. kommt. Es geht um die Übergabe von Obst, die vom Richter nicht ausdrücklich gestattet ist – nur der Verzehr während der Trauung ist erlaubt. So interpretiert es jedenfalls die Anstaltsleitung in Gestalt des Aufsichtsdienstleiters.

Der Standesbeamte macht es kurz. Er ist offensichtlich froh, schnell wieder draußen zu sein. Dann komme ich an die Reihe. Auch meine Ansprache ist kurz und versucht, trotz der bedrückenden Umstände etwas von Hochzeitsfreude spürbar werden zu lassen.

Die Braut hatte einige Kilo Apfelsinen und etwas Schokolade mitgebracht, Im Anschluss an die Trauung aßen die Untersuchungsgefangenen davon. Aber es blieben noch drei Apfelsinen übrig.Die wollte die Braut ihrem Bräutigam mitgeben. Aber der Aufsichtsbeamte schritt ein: Das sei nicht gestattet. Da wandte die Braut sich an mich: „Dann nehmen Sie sie doch" Ich sah keinen Grund, ihr das zu verweigern.

Die Trauung war zu Ende, die Gefangenen wurden in ihre Zellen geführt, die Braut nach draußen. Ein Abschiedskuss immerhin war erlaubt.

Hier könnte auch die Geschichte zu Ende sein, wenn sich auch noch manches sagen ließe über die Trostlosigkeit einer solchen Hochzeit, bei der das Hochzeitsmahl aus einigen Apfelsinen und einigen Schokoladenriegels bestand, das Ambiente aus einer grauen Gefängniszelle und die einzigen zugelassenen emotionalen Handlungen aus einem Abschiedskuss unter den Augen eines Wachtmeisters.

Für mich ging es aber noch sechs Wochen weiter. Denn der Aufsichtsbeamte, Herr D., erstattete Meldung. Offenbar war er der Meinung, ich hätte etwas Verbotenes getan oder ich hätte seine Autorität untergraben.

Hauptwachtmeister D. ist ein älterer, ruhiger und korrekter Beamter, Nie zuvor hatte ich einen Streit oder Wortwechsel mit ihm gehabt und wollte ihn gewiss nicht vor den Gefangenen desavouieren. Mir war aber sehr daran gelegen, die Situation zu entschärfen, zumal mir nie verboten wurde, von Besuchern Obst entgegenzunehmen. Das versuchte ich nun in der Stellungnahme deutlich zu machen, zu der ich nach einigen Tagen vom stellvertretenden Anstaltsleiter, Herrn M., aufgefordert wurde. Meine Stellungnahme endete mit dem Satz: „Eine Heirat im Gefängnis ist selten eine ganz erfreuliche Sache. Und wenn sie schon – wie in diesem Falle – mit einem Missklang beginnt, muss sie nicht mit einem Missklang schließen."

Herr M. ist ein junger Jurist. Vermutlich ist der Gefängnisjob seine erste Stelle (wie bei mir ja auch). Von Anfang an haben wir uns gut verstanden. Daher nahm ich an, meine ausführliche Stellungnahme habe ihn überzeugt. Wie ich Jahre später, nach meinem Weggang aus dem Strafvollzug, von ihm erfuhr, hatte Herr M. einen abschließenden Vermerk geschrieben: „Nichts zu veranlassen" (Das Blatt, das er auf Weisung seines Vorgesetzten aus der Akte entfernen musste, hat er aufgehoben und mir später „zur Komplettierung Ihrer Apfelsinenakte" zum Geschenk gemacht.)

Herr M. durfte also nicht so handeln, wie er es für richtig gehalten hätte. Vielmehr musste er bei mir nachfragen, „wo die Ihnen übergebenen Apfelsinen verblieben sind."

Nun war mir klar, dass der Anstaltsleiter es darauf anlegte, mich zu schikanieren. In einer kurzen Stellungnahme machte ich deutlich, dass ich die Früchte nicht an Herrn B. oder die Trauzeugen weitergegeben hätte, darüber hinaus aber keinen Anlass sähe, über den Verbleib der Früchte Auskunft zu geben.

Daraufhin wurde es dem stellvertretenden Anstaltsleiter auch zu bunt und er überwies den ganzen Vorgang an den Anstaltsleiter.

Der forderte mich auf – ein Monat war seit der Trauung vergangen - „mitzuteilen, was aus den Apfelsinen geworden ist." Und als ich antwortete, ich hätte meinen bisherigen Stellungnahmen nichts hinzuzufügen, erhielt ich nach einigen Wochen ein hochoffizielles Schreiben, ich „habe die Anweisung des Aufsichtsleiters, die mir durch den Hauptwachtmeister D. bekanntgemacht wurden, durchkreuzt". Ferner habe ich „auf die Frage, was Sie mit den Apfelsinen gemacht haben, die Angaben hierzu verweigert." Und abschließend: „Ihr Verhalten in beiden Fällen missbillige ich ausdrücklich."

Eine gewisse Komik kann man dieser „Apfelsinenstory" nicht absprechen Das Hin und Her der Stellungnahmen, die

Einbeziehung der verschiedenen Hierarchieebenen, der (vereitelte) Versuch, alles im Sande verlaufen zu lassen – dies alles hat kafkaeske Züge.

Dass ich als Seelsorger, doch auch dafür sorgen könnte, eine angespannte Situation zu entschärfen, dieses Argument durfte nicht gehört werden.

Die goldene Uhr

Der mir bekannte Staatsanwalt Z., den ich auf dem Gang des Gerichtsgebäudes traf, bat mich in sein Büro. Er berichtete mir von einer Anzeige, die bei ihm eingegangen sei – eine Anzeige gegen mich, die aber so an den Haaren herbeigezogen sei, dass er sie nicht ernst nehmen könne. Ernst müsse allerdings ich sie nehmen, weil offenkundig sei, dass gewisse Leute daran arbeiteten, mich in Verruf zu bringen. Ich bat ihn um nähere Informationen, die er mir bereitwillig gab.

Ein Untersuchungsgefangener habe dem Direktor die Nachricht zukommen lassen, ich sei offenbar in den Diebstahl einer goldenen Uhr verwickelt. Und zwar habe der Mann, der mit ihm die Zelle teilt, vom Pfarrer einen Anzug in das Gefängnis bringen lassen. Das sei ordnungsgemäß über die Kammer gelaufen, diese habe dem Mann den Anzug ausgeliefert. In diesem Anzug habe sich eine goldene Uhr befunden. Und genau diese Uhr habe er wenige Tage zuvor in der Sendung XY-Zimmermann gesehen, wo sie als Beutestück bei einem Raubüberfall gezeigt wurde. Das wolle er nun zur Anzeige bringen.

„Diesmal ist es gut gegangen. Ich kenne Sie und weiß, dass Sie sich nicht in irgendwelche kriminellen Geschichten verwickeln lassen. Aber seien Sie auf der Hut! Jemand will Ihnen etwas anhängen." Mit diesem „Jemand" konnte er nur den Anstaltsleiter meinen, der diese Anzeige weitergeleitet hatte

Der Evangelische Arbeitskreis

Vermutlich am allermeisten Unverständnis und Gegnerschaft erregte bei Anstaltsleitung und Aufsichtsdienst die Gruppenarbeit im Gefängnis, die unter dem Namen „Evangelischer Arbeitskreis" bald zu einer festen Institution wurde. Traut doch kaum jemand den Gefangenen zu, in disziplinierten Diskussionen konstruktiv und ernsthaft an den Problemen zu arbeiten, die sie betreffen. Es sind dies vor allem die ärztliche Versorgung, die Freizeitregelung, Übergriffe des Personals, Selbstmorde und Selbstmordversuche, Einkaufsmöglichkeiten und last not least das Essen.

Zunächst war auch unter den Gefangenen die Skepsis groß, dass man irgend eine Verbesserung erreichen könne. Denn folgenloses Schimpfen über Missstände gehört ja zum Gefängnisalltag, und die Erfahrung, irgendeine Verbesserung durch gutes und geduldiges Argumentieren erreichen zu können, hatte kaum einer je gemacht.

Ein erster Erfolg war die Beschäftigung mit dem Verpflegungsthema. Die Diskussion, zuerst recht chaotisch, brachte doch recht schnell einige Wünsche hervor, die realisierbar schienen und in einen Brief an die Wirtschaftsverwaltung einmündeten. Da wurde z. B. darum gebeten, weniger Dosengemüse und mehr frisches Gemüse zuzubereiten. Oder es wurde beklagt, dass die Hausarbeiter, die für die Essensausteilung zuständig waren, die Kräuter und Zwiebeln, mit denen der Salat angemacht war, nicht gleichmäßig an alle austeilten, sondern fast alles für sich oder für ihre Freunde reservierten – die anderen mussten mit den nackten Salatblättern Vorlieb nehmen. Gab es einmal (eher selten) ein gekochtes Ei, so fehlte oft das Salz zum Würzen. Lauter Kleinigkeiten, aber im abwechlungsarmen Gefängnisalltag von Gewicht.

Was niemand erwartet hatte: Die Wirtschaftsabteilung antwortete mit einem sehr höflichen Schreiben, in dem sie auf den knappen finanziellen Rahmen hinwies, aber versprach, Missstände wie den bei der Salatverteilung abzustellen und den Frischgemüseanteil zu vergrößern. Und tatsächlich war eine Veränderung zu spüren und die Mitglieder des Arbeitskreises waren sehr stolz auf ihren Erfolg – auch wenn die Hausarbeiter, meist „altgediente" Gefangene, es nicht besonders schätzten, wenn ihnen nun genauer auf die Finger gesehen wurde.

Es gab aber auch andere Reaktionen. Der Gefängnisarzt begrüßte mich mit „Guten Tag, Herr Suppenkasper", und es wurden Zettelchen mit Schmähungen unter der Tür meines Büros hindurchgeschoben. Doch der Erfolg beflügelte die

Arbeitskreismitglieder, und man kam überein, die ärztliche Versorgung müsse das nächste Thema sein.

Das war nun allerdings sehr viel heikler, denn hier ging es um handfeste Vorwürfe. Fast jeder hatte schon die Erfahrung gemacht, dass mit der ärztlichen Versorgung nicht zum besten stand. Die Vorwürfe bezogen sich vor allem auf die Rolle, die die „Sanitäter" genannten Beamten spielten. Sie waren für die Ausgabe der Medikamente verantwortlich, vor allem Beruhigungs- und Schmerzmittel. Sie hatten auch zu entscheiden, ob eine Erkrankung so ernsthafter Natur war, dass der Arzt hinzugezogen wurde. Und ständig bekamen die Gefangenen den Vorwurf zu hören: „ Sie simulieren ja bloß"! oder „Seien Sie doch nicht so wehleidig"! – wobei auch mal das „Du" statt des „Sie „ verwendet wurde. Sehr selten wurde man also erst genommen, wenn man über Schmerzen klagte, und auch wenn man eine Verführung beim Arzt erreichen konnte, wurde es oft nicht besser. Denn dieser, in langen Gefängnisjahren mürbe geworden, hielt sich mit Bemerkungen nicht zurück, die von den Gefangenen als demütigend empfunden wurden.

Der Arbeitskreis entschied sich dafür, diesmal einen Brief an das Justizministerium zu schreiben und konkrete Fälle aufzuzählen, die zu Beschwerden Anlass gaben.

Nach längeren Diskussionen entschlossen wir uns, noch weitere Missstände in diesen Brief mit aufzunehmen, die die Situation in den Freizeithöfen, das fehlende Sportangebot, die unbefriedigende hygienische Situation in den Duschräumen und Ähnliches betrafen. Mit Spannung wurde die Antwort des Ministeriums erwartet. Und wieder übertraf der Erfolg alle Erwartungen. Der Staatssekretär persönlich schrieb uns mit der Ankündigung, bei einem Treffen des Arbeitskreises teilnehmen zu wollen.

Das erregte gewaltiges Aufsehen, und natürlich wollte man gut vorbereitet in dieses Gespräch gehen. Einzelne Gefangene übernahmen je ein Thema und formulierten jeweils ein kurzen Statement. Die Atmosphäre wurde arbeitsintensiv und konzentriert. Das sonst doch manchmal nervige „Gelaber" verstummte, und bestens vorbereitet gingen wir in das Gespräch mit den Vertretern des Ministeriums hinein. Die hatten vermutlich noch nie eine so diszipliniert und gut argumentierende Gefangenengruppe erlebt. Sie bedankten sich ausdrücklich für das sachliche und informative

Gespräch. Kurz danach erhielten wir einen elfseitigen Vermerk des Staatssekretärs, der die Abschaffung der Missstände versprach, sofern es organisatorisch machbar sei. Dieser Staatssekretär hielt in den kommenden Jahren schützend die Hand über uns, aber auch er konnte nicht verhindern, dass Menschen, denen die ganze Richtung nicht passte, gegen mich zu intrigieren begannen . wobei ihnen offenbar jedes Mittel recht war. Jedenfalls schreckten sie nicht vor Verleumdung und falschen Anschuldigungen zurück. So wurde das Gerücht verbreitet, ich sei auf einer Demonstration des „Kommunistischen Bundes Westdeutschlands" (KBW) gesehen worden. Außerdem wurde behauptet, ich trage Interna aus der Beamtenkonferenz den Gefangenen zu. Ich versuchte diese Anschuldigungen zu entkräften, natürlich ohne Erfolg. Ich musste einsehen, dass ich mir mit meiner Arbeit Feinde gemacht hatte. War ich zu naiv? Vielleicht. Ich wollte es einfach nicht glauben, dass es nicht toleriert werden kann, wenn einer mit den Gefangenen so sachorientiert und an der Verbesserung der Situation interessiert arbeitet – und dann auch noch Erfolg hat.

Wir haben im Arbeitskreis noch an Fragen wir „Besuchsregelung" und „anwaltliche Vertretung" gearbeitet, aber uns auch an das heikle Thema „Sexualität im Gefängnis" herangewagt und dazu den Sexualwissenschaftler Volkmar Sigusch eingeladen. Und natürlich haben wir viele Gottesdienste vorbereitet und religiöse Themen besprochen – uns aber eben nicht auf das „Religiöse" beschränkt. Die Teilnahme am Arbeitskreis war nicht nur für evangelische Teilnehmer möglich, jeder Interessierte konnte teilnehmen. Sehr bewegend war für mich der Abschied vom Arbeitskreis bei meinem (nicht ganz freiwilligen) Ausscheiden.

Ein jüdischer Teilnehmer, Wolf M., hielt eine kleine Rede, in der er die Geschichte aus dem Alten Testament, die vom Kampf Jakobs mit einem Engel an der Jabbokfurt erzählt, auf mich bezog: So wie Jakob damals zwar als Sieger, aber hinkend, aus diesem Kampf hervorging, so würde ich auch „hinkend", d.h. mit Blessuren aus dieser Arbeit ausscheiden. Es sei aber nichts umsonst gewesen. Ich fand das sehr treffend und war tief bewegt durch diese „Predigt", die mir ein Gefangener gehalten hat.

Gruppenarbeit im Gustav-Radbruch-Haus

Dem Untersuchungsgefängnis angegliedert ist das „GRH", eine Einrichtung für sogenannte „Freigänger", also für Gefangene, die vor ihrer Entlassung die Möglichkeit bekamen, eine Arbeit außerhalb des Gefängnisses aufzunehmen. Nur zum Schlafen müssen sie abends ins Gefängnis zurück.

Dort waren die Arbeitsmöglichkeiten für mich erweitert. Gruppenarbeit mit Besuchern „von draußen" galt als wichtiger Baustein eines „weichen" Übergangs zum Leben in Freiheit.

Ich hatte Kontakt zu einer Gruppe, die vor allem aus Jurastudenten bestand, die sich in der Arbeit mit Gefangenen ehrenamtlich engagieren wollten. Da auch mehrere recht attraktive junge Frauen zu dieser Gruppe gehörten, war das Interesse der Gefangenen an den Gruppengesprächen groß. Ich holte die Studentengruppe an der Pforte ab und wir gingen in den uns zugewiesenen Gruppenraum, wo die Gefangenen schon auf uns warteten. Schnell bildeten sich kleine Gesprächsgrüppchen. Die Atmosphäre war entspannt und heiter, es wurde geflirtet und gelacht, jeder Gefangene wollte sich möglichst vorteilhaft darstellen.

Wesentlich ernsthafter waren die Diskussionen, die in der Studentengruppe in der Zeit zwischen den Besuchen liefen.

Gustav Radbruch, einst Justizminister der Weimarer Republik, Namensgeber des „GRH", hatte ja die Überzeugung vertreten, statt einer Verbesserung des Justizvollzugs müsse man „etwas Besseres als Justizvollzug" schaffen. Und die Studenten waren ganz entschieden dieser Meinung und fühlten sich durch das, was sie in den Gesprächen erfuhren, darin bestätigt, dass die Gefängnisstrafe nicht zu einer Resozialisierung straffällig gewordener Menschen dient, sondern dass sie ihn vielmehr de-sozialisiert, also für das Leben draußen untauglich macht.

Konnte es da überhaupt einen Sinn haben, als Gruppe ins Gefängnis hineinzugehen? Die Alternative wäre, die Abschaffung der Gefängnisse zu fordern – eine, wie allen bewusst war, im höchsten Maß utopische und unter den gegebenen Verhältnissen unrealistische Forderung.

Ich war sehr beeindruckt von der Ernsthaftigkeit dieser jungen

Juristinnen und Juristen, von ihrer Entschlossenheit, nicht auf eine Karriere im Justizapparat hinzuarbeiten, sondern aus der Erfahrung der Gespräche mit Gefangenen heraus nach besseren Lösungen des Problems zu suchen.

10 Monate nach Beginn dieser Gruppenarbeit rief mich der Leiter des GRH zu einer Unterredung in sein Büro. Dort teilte er mir mit, dass die studentische Gruppenarbeit mit Gefangenen nun beendet werden müsse. Als Grund nannte er „Personalmangel". Ich hielt ihm vor, dass die Arbeit dieser Gruppe in keiner Weise das Aufsichtspersonal strapaziere, da die Gruppe ja nur in meiner Anwesenheit zusammenkomme. Darauf erwiderte der Anstaltsleiter, das treffe zu, aber die Belastung der Beamten durch Hausfremde sei vor allem ein psychischer Faktor: einzelne Beamte des Aufsichtsdienstes hätten ihm diese psychische Belastung durch die studentische Gruppenarbeit zu Ohren gebracht. Konkrete Anschuldigungen gebe es nicht. Allein die Notwendigkeit drastischer Personaleinsparungen zwinge ihn zu diesem Schritt.

Beim Staatssekretär

Der Staatssekretär hatte mich eingeladen. Ganz privat sollte es sein, ganz zwanglos. Ein freundlicher Meinungsaustausch unter Menschen, die unter den Unzulänglichkeiten des Strafvollzugs leiden und entschlossen sind, zu ändern, was in ihrer Macht steht. Mit dabei: die Frau des Staatssekretärs, Oberstaatsanwältin, zuständig für Schwerkriminalität. Gelegentlich suche ich sie in ihrem Büro im Frankfurter Gerichtsgebäude auf, seit ich weiß, dass sie meine Arbeit im Gefängnis gut findet und unterstützt.

Die beiden versuchen mich zu überzeugen, dass es für mich und die Absicherung meiner Arbeit gut wäre, in die SPD einzutreten. Dann hätte ich einen besseren Rückhalt und sei kein Einzelkämpfer mehr. Ich äußere meine Überzeugung, dass jede Einbindung in ein Machtsystem auch die Gefahr der Korrumpierung mit sich bringt. Man muss politische Rücksichten nehmen etc. Mir imponiert die Geschichte von Herrn Egge (in Brechts Geschichten vom Herrn Keuner): 7 Jahre beherbergt und beköstigt Herr Egge einen Agenten (des Gewaltregimes). Aber auf seine Frage: willst du mir dienen? bleibt Herr Egge stumm. Nach 7 Jahren stirbt der Agent und jetzt antwortet Herr Egge: Nein. Über diese Geschichte diskutieren wir lange.

Es wird viel getrunken an diesem Abend. Ich meinte, eine große Traurigkeit und Resignation bei meinen Gastgebern zu spüren.

Was ich damals nicht wusste: Beide litten unter dem Justizminister, der dem rechten Flügel der SPD angehörte und an Reformen nicht interessiert war, sondern die klassische law-and-order-Politik vertrat.

Einige Jahre später erfuhr ich aus einem Zeitungsartikel, dass bei dem Zerwürfnis zwischen Staatssekretär und Minister, das zur Entlassung des Staatssekretärs führte, auch seine Wertschätzung meiner Arbeit eine Rolle spielte. Der Minister hingegen sei überzeugt, dass ich ein Unruhestifter sei und habe ein Ermittlungsverfahren gegen mich wegen Unterstützung einer kriminellen Vereinigung einleiten lassen.

Sanctus

Sanctus, sanctus, sanctus Dominus Deus Sabaoth.
Pleni sunt coeli et terra gloria tua.
Hosanna in excelsis.

Heilig, heilig, heilig ist der Herr, Gott Zebaoth.
Himmel und Erde sind deiner Glorie voll.
Hosianna in der Höhe.

Mein Weg ins Gefängnis

Der einzige Ort, den ich mir damals für meinen Beruf vorstellen konnte, war das Gefängnis.

Wenn ich mich heute, 40 Jahre später, frage, welches wohl die Gründe für diese seltsame spezielle Berufswahl gewesen sein mögen, muss ich eingestehen: Ich weiß es nicht. Aber eine Gefühlsentscheidung ist es ganz sicher gewesen, „ganz unten" anzufangen, nachdem der Wunsch, ein Universitätskarriere anzustreben, mich in ein Sackgasse geführt hatte. Dass ich mit 30 Jahren „mit großem Lob" den theologischen Doktortitel errungen hatte, erschien mir nach 4 Jahren wissenschaftlichen Arbeitens als nutzlos und sinnlos, und als Pfarrer in einer gutbürgerlichen Gemeinde auf der Kanzel zu stehen, konnte ich mir nicht vorstellen und wollte es auch nicht.

Das Gefängnis war ein Ort, an dem ich wohl kaum damit rechnen musste, die religiösen Bedürfnisse braver Bürger befriedigen zu müssen. Sind es also romantische Bilder gewesen, die mir im Kopf steckten? Bilder aus dem Fundus einer neuen Jugendbewegung, die als „Achtundsechziger" heute meist deutlich negativ besetzt erscheint? Sind es gar Bilder vom „edlen Räuber", von schuldlos Verfolgten, von „Opfern unserer Gesellschaftsordnung"?

Es kann schon sein, dass ich den Wunsch hatte, etwas gut zu machen, eine geheime Schuld, die mein behütetes Heranwachsen in einer heilen gutbürgerlichen Familie mir aufgeladen hatte.

Die Jahre, in denen ich mich wissenschaftlich betätigte, waren ja Jahre des Umbruchs und Aufbruchs. Und in meiner Dissertation wollte ich mich mit der Frage beschäftigen: Wie kann bahnbrechend Neues gesagt werden und Gestalt gewinnen, wenn doch nur die alte Sprache zur Verfügung steht, die alten Denkgewohnheiten, die alten Normen und Vorurteile? Daraufhin hatte ich alte Texte untersucht und musste erfahren, dass der universitäre Wissenschaftsbetrieb für das, was mich interessierte und umtrieb, kein guter Ort war. „Gescheitheit" hatten mir meine Professoren attestiert, das war für mich beinahe ein Schimpfwort. Was mir wichtig war, konnte ich höchstens in Anmerkungen unterbringen – die „Wissenschaft" war daran nicht interessiert.

Auch das theologische Seminar, das ich zur Vorbereitung auf den Pfarrdienst über ein Jahr lang besuchte, konnte mir keine praktische Perspektive vermitteln. Die Professoren waren eher hilflos, und mit einigen meiner Kollegen hatten wir bald die uns vorgesetzten Inhalte durch andere ersetzt, die uns mehr interessierten: Themen aus den Bereichen der Psychologie und Sozialwissenschaften, gesellschaftsverändernde Konzepte und Strategien bestimmten jetzt den Lehrplan. Ja, wir wollten die Gesellschaft verändern, unter deren muffigen Moral- und Ordnungsvorstellungen wir gelitten hatten. Und die Zeit schien dafür reif zu sein.

Es ist leicht, heute die Naivität und den Dilettantismus dieses Vorhabens zu belächeln. Schon damals war uns bewusst, dass die Kirche ein problematischer Ort, eine ungeeignete Institution für gesellschaftsverändernde Strategien ist. Aber es gab doch auch dort viel Bereitschaft, in einem Klima allgemeiner Verunsicherung die kritischen Töne der biblischen Überlieferung gegen eine allzu satt und schläfrig gewordene Bürgerlichkeit neu zu beleben

Die Ordination im Gefängnis

Ich habe die Predigt gefunden, die ich anlässlich meiner Ordination im Gefängnis gehalten habe, das war am 31. März 1973. Unter denen, die bei dieser feierlichen Handlung assistiert haben, war – auf meinen ausdrücklichen Wunsch – der damalige Gefängnisdirektor, Herr W., (der dann allerdings nach einem spektakulären Ausbruch gehen musste und durch den wesentlich schärferen Herrn K. ersetzt wurde). Das macht deutlich, dass mir sehr an einer vertrauensvollen Zusammenarbeit gelegen war.
Die Predigt zeigt aber auch, dass ich kein Blatt vor den Mund nehmen wollte, wenn mir Missstände bekannt wurden. Nun also die Predigt im Wortlaut.

Fünf Leute sitzen, stehen und gehen auf einer Bühne herum, vier davon in schwarzen Talaren. Einer von ihnen ist so eine Art Erster Vorsitzender. Sie bewegen sich steif und feierlich, sprechen so, wie man normalerweise nicht spricht, manchmal wenden sie sich zum Publikum, manchmal reden sie untereinander. Sehr merkwürdig und fremdartig das ganze.

Ich rede von unserem Gottesdienst heute morgen hier im Gefängnis und nicht etwa von einer Gerichtsverhandlung, obwohl gewisse äußerliche Ähnlichkeiten durchaus vorhanden sind.

In der Sache besteht sogar ein starker Gegensatz zwischen einer Gerichtsverhandlung und einem Gottesdienst. Inwiefern?

Einen Satz möchte ich jetzt wiederholen, damit er nicht untergeht in der Fülle der vielen Sätze. Herr W. hat vorhin aus dem 2. Brief des Paulus an die Korinther zwei Verse vorgelesen:

Gott war in Christus und versöhnte die Welt mit sich selber und rechnete ihnen ihre Sünden nicht zu und hat unter uns aufgerichtet das Wort von der Versöhnung.

So sind wir nun Botschafter an Christi Statt, denn Gott ermahnt durch uns; so bitten wir nun an Christi Statt: Lasst euch versöhnen mit Gott! (2. Korinther 5, 19 f.)

Jetzt wird vielleicht mancher denken: Was sollen diese Sätze hier bei uns? „Gott", „Christus", „Versöhnung", ja „Versöhnung der Welt mit sich selbst", „Botschafter an Christi Statt" – das sind keine Begriffe, die uns hier im Gefängnis viel sagen. Hier muss von anderem die Rede sein, von der Unmöglichkeit, mal einen Blick nach draußen zu werfen vielleicht, von dem Lautsprecher, der einen am Morgen weckt – je nachdem mit einem freundlichen „Guten Morgen" oder mit barscheren Tönen, von dem Salz, das auf manchen Stationen eine gesuchte Kostbarkeit ist, von der Helligkeit, die manchen nachts in seiner angestrahlten Zelle nicht einschlafen lässt, von dem ohnmächtigen Gefühl, dass oft die kleinsten Annehmlichkeiten vom Schlüssel eines diensttuenden Beamten abhängig sind. Dies – und noch manches andere in der Art – ist Realität hier im Haus, eine unschöne Realität, muss man sagen, oder, wie es neulich Staatssekretär Werner vor den Journalisten ausdrückte: „Strafvollzug ist Übelzufügung – so will es der Gesetzgeber". Und wenn mir vorhin ausgerechnet der Direktor dieser Anstalt dieses Wort vom „Dienst der Versöhnung" mitgegeben hat, dann kann wohl die Meinung entstehen, dass meine Arbeit im Gefängnis dieses Ziel haben soll: Sie, die Insassen, zu versöhnen mit dem, was Ihnen hier als Übel zugefügt wird. Zum Beispiel, indem ich als Pfarrer einem, der sich ungerecht behandelt fühlt, rate, seinen Zorn und Ärger herunterzuschlucken. Oder, wenn einer diese Form der Haft überhaupt als sinnlos und empörend empfindet: dass ich dann versuche, ihm den Sinn einer solchen Behandlung einleuchtend zu machen.

Aber so darf und kann der „Dienst der Versöhnung", den ich hier zu leisten habe, nicht aussehen. Warum nicht?

In unserem Text ist von Übertretungen die Rede, die das Verhältnis Gottes zu den Menschen schwer belasten und stören. Und ein Gedanke steht auch bei unserer Strafjustiz im Hintergrund: dass durch die Strafe, die den einzelnen Gesetzesübertreter trifft, der Friede mit Gott wiederhergestellt werden soll. Aber ist das eigentlich ein christlicher Gedanke? Nicht im Sinne des Paulus! „Denn Gott versöhnte in Christus die Welt mit sich selbst, indem er ihnen ihre Übertretungen **nicht** anrechnete und in uns das Wort von der Versöhnung legte". Darauf liegt aller Nachdruck und das hat jeden Gottesdienst im Gefängnis von einer Gerichtsverhandlung zu unterscheiden. „…indem er ihnen ihre Übertretungen nicht anrechnete" – das ist gerade das Gegenteil von dem, was in jedem Strafprozess stattfindet, wohl heute nicht mehr im Namen Gottes, sondern im Namen des Volkes, aber immer noch mit dem Hintergrund, dass eine Übertretung gesühnt werden muss dadurch, dass man dem Übertreter ein Strafübel auferlegt.

Eben auf solch einen Termin warten Sie alle hier in der Untersuchungshaft, die durch ihre besonderen Einschränkungen und durch die Ungewissheit über den Ausgang des Verfahrens gewiss oft der härteste Teil der Strafe ist. Was kann hier ein Pfarrer tun, der seine Arbeit als „Dienst der Versöhnung" versteht?

Gut, er kann den „Himmelskomiker" spielen. Diese Bezeichnung dürfte wohl den meisten unter Ihnen geläufig sein. Darunter kann man wohl einen verstehen, der zwar gutmütig aber doch auch ein bisschen naiv durch die Gegend läuft, sich sehr schön ausnützen lässt, alles glaubt, was man ihm vorschwindelt und auf jede Intrige reinfällt. Nur - ernst nehmen kann man ihn eigentlich nicht. Denn er schwebt, wie der Name sagt, irgendwo in einem komischen Himmel, und die schmutzige Wirklichkeit um ihn herum berührt ihn nicht ernsthaft. Für solch ein Haus, wie dieses hier, ist aber gerade bezeichnend, dass hier ein unablässiger Kleinkrieg stattfindet, nicht nur zwischen „Schlüsselträgern" und „Schlüssellosen", sondern auch ein Krieg der Gefangenen und Bediensteten untereinander. Und Grund für sehr vieles Unschöne, das hier passiert, ist das allgemeine Misstrauen, das man sich hier entgegenbringt. Oft höre ich die Warnung eines Beamten :"Seien Sie vorsichtig mit dem und dem, der will Sie bloß aufs Kreuz legen"- als ob man schon verloren hätte, wenn man nur mal miteinander spricht. Auf der anderen Seite wird oft einer von seinen Mitgefangenen schon schief angesehen, wenn er mit einem Beamten öfter redet, als unbedingt nötig ist.

Nun weiß ich auch, dass Intrigen und Verleumdungen hier nicht selten sind und dass z. B. die Gefahr einer „Pöstchenjägerei" immer naheliegt. Aber trotzdem wäre es hier in der Anstalt sehr wichtig, eine Möglichkeit zu finden, dass Gefangene in Angelegenheiten, die alle betreffen, gemeinsam ihre Vorschläge, Wünsche und Beschwerden der Anstaltsleitung zu Gehör bringen können. So viele Spannungen, die hier in der Luft liegen, haben ihren Grund allein in schlechter oder falscher Information – und „Dienst der Versöhnung" hieße hier ganz bestimmt: Herstellung einer besseren Informationsmöglichkeit.

In diesem neuen Gefängnis gibt es allerhand, was nicht von Anfang an richtig klappt. Soweit es den offiziellen Rahmen betrifft, wird es sich wohl bald einspielen. Anders ist es mit den wirklichen Kleinigkeiten, die für Betroffene aber von großer Bedeutung sein können. Nur als Beispiel habe ich vorhin das Salz erwähnt. Mit einem Topf Salz auf jeder Station ließe sich leicht Abhilfe schaffen und keiner müsste sein Ei zum Abendbrot salzlos essen. Viele solcher Kleinigkeiten gibt es, und die meisten könnten ohne Gefahr für „Sicherheit und Ordnung" in der Anstalt leicht und unbürokratisch gelöst werden durch einen ständigen Informationskontakt „von unten nach oben". Das wichtigste aber wäre dies: So könnte man den Gefangenen zeigen, dass man sie als Menschen achtet trotz ihrer Straftaten . Indem man ihnen Gelegenheit gibt, ihre Anregungen und ihre Kritik vorzubringen – nicht in der demütigenden Form des „Anliegens", sondern im freien Gespräch – einem Gespräch, das in der alten „Hammelsgasse" schon ganz vorsichtig begonnen hatte.

Auch für dieses neue Haus kann das nur eine Anregung, ein Vorschlag sein. Aber ich wollte deutlich machen, in welcher Richtung ich das „Wort von der Versöhnung" weitersagen will – wie ich den Auftrag der Ordination im Gefängnis und für das Gefängnis verstehe – nicht als „Himmelskomiker", auch nicht als

„Staatsanwalt", sondern als Zeuge eines Mensch gewordenen Gottes.

Amen

Der Pfarrer und seine Kirche

Immer noch ist sie da, meine große Enttäuschung, Enttäuschung über meine Kirche, in deren Auftrag ich im Gefängnis predigte, Gefangene besuchte, Arbeitskreise organisierte und in all dem versuchte, ein kleines Stück Menschenwürde in dieser Institution – ja was? –„ zu verkörpern" wäre eine zu anspruchsvolle Formulierung, obwohl viele Gefangene es gerade so empfunden und ausgedrückt haben.

Die Formulierung „zu ermöglichen" scheint mir eher angemessen, obwohl man Menschenwürde ja nicht ermöglichen kann. Aber dort, wo sie, die doch nach unserem Grundgesetz unantastbar sein soll, täglich verletzt, ja oft buchstäblich mit Füssen getreten wird, menschenwürdig, menschlich mit den Menschen umzugehen, ist doch eine elementare Pflicht aller, die noch nicht zu Zynikern verkommen sind – sollte man meinen.

Für meine Arbeit erhielt ich zunächst viel Unterstützung und Bestätigung: Oberkirchenräte, ja selbst der Kirchenpräsident, folgten der Einladung des Evangelischen Arbeitskreises im Untersuchungsgefängnis. Aber als die Konflikte zunahmen, als Gottesdienste verboten wurden, als mir untersagt wurde, zu einzelnen Gefangenen hinzugehen – alles gesetzlich verbriefte Rechte – da ging auch die Kirchenbehörde auf Distanz.

Regelmäßig schickte ich Kopien meiner Vermerke über die Behinderung meiner Arbeit an den zuständigen Oberkirchenrat – alles wurde abgewiegelt und abgebügelt.

Die Kriminalisierung meiner Arbeit wurde ja schon länger in Zusammenarbeit von politischer Polizei und Gefängnisleitung betrieben. Im Frühjahr 1976 wurde es brisant. Ich schrieb an Oberkirchenrat N.:

„Am 23. 3. erzählte mir der Untersuchungsgefangene G. G., mehrere Kripo-Beamte hätten ihn im Beisein von Anstaltsleiter, Staatsanwalt W. und Richter J. unter anderem gefragt, ob ich mich verstärkt um Untersuchungsgefangene mit § 129 (kriminelle

Vereinigung) kümmere, ob ich Briefe etc. schmuggele, ob ich mal Kontakt zum „Gefangenenrat" gehabt hätte. Ich bin interessiert daran, dass nicht wieder – diesmal auf dem Weg über die Staatsanwaltschaft- die Freiheit der Seelsorge an Untersuchungsgefangenen beschnitten wird. Ferner möchte ich gern wissen, ob sich da wieder ein neues Ermittlungsverfahren gegen mich zusammenbraut. Welche Art des Vorgehens halten Sie für richtig?"

Nach über einem Monat erhielt ich eine Antwort, in der es heißt: „Ich meine, dass aufgrund der mir bisher zugänglichen Tatsachen … derzeit noch kein Anlass für Befürchtungen hinsichtlich der Einschränkung der Seelsorge durch die Staatsanwaltschaft besteht. … Vor weiteren Demarchen unsererseits sollten deutlichere Entwicklungen abgewartet werden. Ich würde daher meinen, dass Sie im Augenblick in dieser Angelegenheit gar nichts zu tun brauchen. Derzeit scheinen mir keine Anhaltspunkte vorzuliegen, dass tatsächlich ein Ermittlungsverfahren der Staatsanwaltschaft gegen Sie beabsichtigt ist. Sollten Sie jedoch inzwischen neue Informationen haben, wäre ich dankbar, wenn Sie mir diese schriftlich oder mündlich mitteilen würden."

Im Mai 1976 beendete ich meinen Dienst im Gefängnis. Die psychische Belastung war zu groß geworden Dass meine Befürchtungen nicht unbegründet waren, erfuhr ich ein Jahr später aus der Zeitung, aus Anlass der Entlassung des Staatssekretärs W. durch den Justizminister. Ich selbst musste mich dann um Aufklärung bemühen. Offenbar fanden die zuständigen Menschen bei der Kirchenverwaltung es ganz normal, dass ein Justizminister persönlich die Kriminalisierung eines Gefängnispfarrers veranlasst. Natürlich wurde auch dieses Verfahren – wegen „Unterstützung einer kriminellen Vereinigung" – bald eingestellt, nachdem ich auf eigenen Wunsch von der Staatsanwaltschaft vernommen wurde. Ich wollte wissen, was man mir vorzuwerfen hatte, erfuhr aber nicht, welche „kriminelle Vereinigung" ich unterstützt haben sollte. In den Akten stand dann nur, dass zwei Gefangene, denen dafür offenbar Vergünstigungen versprochen wurden, ausgesagt hätten, ich „vermittle renitente Gefangene an linke Gruppen und schmuggle Briefe und Zeitschriften rein und raus". Ein Jahr lang wurde mein Telefon abgehört und aufgrund eines abgehörten

Gesprächs wurde der stellvertretende Anstaltsleiter, mit dem ich mich immer gut verstanden hatte, an ein anderes Gefängnis versetzt.

Ja, es ging mir nicht viel anders als meinem Nachfolger Christoph E., als Jutta J., die später meine Frau wurde, als Dieter F. in Mannheim, als Kollegen in Bernau und Berlin. Über „Pfarrer als Opfer der Gegenreform im Strafvollzug" erschien damals ein Buch von U. Kleinert.

Warum haben die Kirche damals geschwiegen, haben sich höchstens halbherzig hinter ihre Pfarrer gestellt? Im Interesse einer reibungslosen Zusammenarbeit mit den staatlichen Organen? Oder aus Furcht vor einer aufgeputschten Öffentlichkeit, vor der Schlagzeile „Pfarrer, die dem Terror dienen"?

Agnus dei

Agnus dei, qui tollis peccata mundi, dona eis requiem aeternam

Lamm Gottes, der du die Sünden der Welt trägst, gib ihnen ewigen Frieden

Es beginnt ganz harmlos

Es fällt mir schwer, die Ereignisse von damals wiederzubeleben, die alten Aufzeichnungen und Dokumente wieder hervorzuholen, vor allem aber die Gefühle wieder zu spüren, das Entsetzen, die ohnmächtige Wut, die Empörung – und die Empfindung, als sei ich verwickelt gewesen in ein Spiel, dessen Regeln und dessen Mitspieler ich nicht kannte.

Es hat ja an Warnungen nicht gefehlt. Aber mein Zutrauen, doch in einem Rechtsstaat zu leben und beim Einhalten der Regeln ein fair play erwarten zu können, war unerschütterlich.

Peter M. war mir in der Gefängniszeit immer mehr ans Herz gewachsen. Als er aus der U-Haft entlassen wurde, wohnte er einige Tage bei mir. Ich wusste, dass er noch in Hamburg eine kleinere Strafe zu verbüßen hatte, und ich fand es schön, ihm für eine Übergangszeit einen ruhigen Ort bieten zu können.

Peter hatte einen anderen Lebensrhythmus als meine Freundin und ich. So wachten wir einmal mitten in der Nacht auf, weil aus seinem Zimmer laute Musik ertönte. Er tanzte hingebungsvoll mitten im Zimmer herum, und wir konnten ihm wegen der Ruhestörung nicht böse sein. Auch dass er einen abgelaufenen Pass und eine meiner Pfeifen „mitgehen" ließ, fand ich nicht so tragisch.

Er fuhr dann nach Hamburg, um seine Strafe abzusitzen.

Mehrere Monate hörten wir nichts von ihm.

Dann bekam ich im August 1974 einen Anruf von ihm. Er sei aus Hamburg abgehauen und wisse jetzt nicht mehr weiter. Ich verabredete mich mit ihm in einem Café und traf ihn dort, sehr abgerissen und verstört. Ich wusste auch nicht, wie ich ihm helfen konnte, außer mit ihm zu reden und ihn so etwas zu beruhigen.

Wir fuhren dann zusammen zu Jutta V. Sie gehörte zu der Studentengruppe, die sich in der Gefangenenarbeit engagierte. Jutta erklärte sich bereit, sich fürs Erste um Peter zu kümmern. So konnte ich einigermaßen beruhigt nachhause fahren. Keinen Augenblick kam mir der Gedanke, ich hätte etwas Unrechtmäßiges getan.

Peter M. aus der Haft entflohen (Gedächtnisprotokoll Brigitte E.)

Am Mittwoch, den 14. 8. 74 kam ich um ca. 21 Uhr nachhause. Vor der Tür traf ich auf Peter, den ich kannte, weil er vor einigen Monaten ein paar Tage bei uns gewohnt hatte. Er hatte an diesem Abend, wie er sagte, schon mehrere Stunden gewartet.

Peter machte einen entsetzlichen Eindruck. Er zitterte am ganzen Körper, konnte zunächst kaum ein Wort herausbringen, stotterte nur: „Ich will weg".

Als er sich etwas beruhigt hatte, erzählte er: Er sei in der B-Ebene am Abend zuvor festgenommen worden, von zwei Kripo-Beamten in Zivil, als er aus einem Schnell-Imbiss kam. Man sei zum Polizeipräsidium gefahren. Von 19 Uhr bis in die Nacht hinein sei er von verschiedenen Beamten, die sich abwechselten, vernommen worden. U. a. sei ihm ein Foto von einem Mädchen auf einem Fahrrad, wahrscheinlich Jutta V., vorgelegt worden. Das pausenlose Verhör sei sehr ermüdend gewesen, man habe ihm zugeredet, er solle doch sagen, was er wisse, speziell, welche „krummen Dinger" er in letzter Zeit „gedreht" habe, mit wem zusammen, wer war Auftraggeber? Alle diese Fragen hätten in eine bestimmte Richtung gezielt: man habe Belastungsmaterial gegen den Gefangenenrat oder gegen einzelne Personen daraus gesucht. Gegen Morgen sei er dann entlassen worden. Vorher habe er noch ein Protokoll unterschreiben müssen („Wenn Sie das unterschreiben, kommen Sie raus, wenn nicht, bleiben Sie drin").

Als es 23 Uhr war, fragte er mich nach der Uhrzeit und erschrak, als ich „11 Uhr" sagte, erklärte dann, er müsse morgen um 11 Uhr wieder im Präsidium sein und habe die Weisung, innerhalb der nächsten 8 Tage alles zu sagen, was er wisse und noch verschwiegen habe.

Die Verhörnacht im Präsidium sei die schlimmste seines Lebens gewesen. Am Vormittag sei er lange herumgelaufen, dann nach W. gefahren.

Während er berichtete, überwältigten ihn immer wieder die Emotionen der vergangenen Nacht: Verzweiflung, Ohnmachtsgefühle, „Knastkoller".

Etwa um 24 Uhr ist er gegangen.

Was Peter damals verschwieg: auch nach seiner Beziehung zu mir und besonders nach meinem Verhalten, als er wieder mit mir Kontakt aufnahm, hatten sich die Polizeibeamten intensiv erkundigt.
Im Anhang gebe ich auszugsweise das Vernehmungsprotokoll wieder.

Im Polizeipräsidium

Am 27. August 1974 erhielt ich in meinem Arbeitszimmer in der Untersuchungshaftanstalt Frankfurt-Preungesheim einen Anruf aus dem Polizeipräsidium. Ein Herr F. fragte an, ob ich einmal bei ihm vorbeikommen könne. Ihm läge die Aussage eines ehemaligen Gefangenen vor, ich habe ihn, obwohl er aus einer Strafanstalt entwichen sei, bei sich aufgenommen. Die Rückfrage, ob es sich um Peter M. handle, wurde bejaht. Ein Gesprächstermin wurde daraufhin für den kommenden Tag, 11 Uhr, im Polizeipräsidium vereinbart.
Am 28. August betrat ich das Polizeipräsidium in der Friedrich-Ebert-Anlage. Beim Pförtner erhielt ich die Auskunft, das Büro von Herrn F. befinde sich im zweiten Stock. Nach längerem Suchen fand ich eine Tür mit dem Schild „Abt. 5,2 F.". Ich klopfte und trat ein. Es war ein schlauchartiger Raum mit einem Fenster zur Anlage hin. Außer einem Mann hinter dem Schreibtisch, der sich mit „F." vorstellte, standen zwei weitere Männer im Zimmer. Ich nannte meinen Namen. Daraufhin eröffnete Herr F. mir, ich sei hier als Beschuldigter. Ich könne aussagen oder die Aussage verweigern. Ich erwiderte, ich wolle aussagen, denn ich sei mir bewusst, nicht gegen Gesetze verstoßen zu haben. Herr F. sagte darauf, nach meiner Aussage müsse ich erkennungsdienstlich behandelt werden. ...
Ich verlangte nun, ein Telefongespräch mit dem Staatssekretär im Justizministerium, Herrn W., zu führen. Dies wurde mir verweigert, mit der Begründung, Ferngespräche seien nicht gestattet. Zwei Staatsanwälte, die mir persönlich bekannt waren, waren nicht erreichbar. Herr F. nannte den Namen einer Staatsanwältin, Frau L., die den Komplex bearbeite. Diese erreichte ich und hörte von ihr, sie habe der Polizei keine

Vorschriften zu machen und ich müsse mich der erkennungsdienstlichen Behandlung unterziehen.

Ich wollte daraufhin den Raum verlassen, aber Herr F. sprang schnell auf und stellte sich vor die Tür. Auf meine Erklärung, ich weigere mich, mich erkennungsdienstlich behandeln zu lassen, drohte ihm Herr F. die Anwendung einfachen körperlichen Zwanges an. Darauf leistete ich keinen Widerstand mehr.

Er wurde in einen anderen Raum geführt, dort gewogen und vermessen und von allen Seiten fotografiert. Für die Abnahme der Hand- und Fingerabdrücke ergriff ein Beamter meine Hand und die einzelnen Finger, färbte sie ein und drückte sie dann sorgfältig und sogar, wie ich mich erinnere, mit einer gewissen Behutsamkeit auf die dafür vorgesehenen Felder der Formblätter. Nach diesen Prozeduren, die etwa eine halbe Stunde dauerten, durfte ich die Hände reinigen und wurde entlassen. Eine Aussage hatte ich nicht gemacht, war aber auch gar nicht mehr danach gefragt worden.

Nach Verlassen des Präsidiums lief ich wie betäubt etwa eine Stunde ziellos durch die Anlagen.

Als ich wieder klar denken konnte, rief ich den mir bekannten Professor Rudolf W. An und bat ihn, mich anwaltlich zu vertreten. Herr W. beantragte Akteneinsicht und fragte in einem zwölfseitigen Schriftsatz an, was mir eigentlich vorgeworfen werde und warum eine erkennungsdienstliche Behandlung vorgenommen wurde. Dieses Schreiben blieb ohne Antwort.

Am 27. 5. 75 wurde das Verfahren „wegen Verdachts der Begünstigung und Personhehlerei" eingestellt, ohne dass ich noch einmal vernommen wurde.

Ein Gefangener berichtete mir Jahre später, ihm seien Fotos von mir vorgelegt worden. „Aber das ist doch unser Pfarrer!" habe er ausgerufen. Da wurde dann nicht weiter nachgefragt.

Die „93" und der Gefangenenrat

Bockenheimer Landstraße 93 war ein besetztes Haus mit besonderem Symbolcharakter. Eigentümer Ignaz Bubis hatte die Absicht, dieses wie andere Westendhäuser aus der Gründerzeit, die das Gesicht des Stadtteils prägten, abreißen zu lassen und an ihrer Stelle moderne Bürokomplexe zu errichten.

Gegen diese Pläne richtete sich bürgerlicher wie studentischer Protest. Die Studenten, die – auch aus Mangel an geeignetem Wohnraum – in die leerstehenden und dem Verfall preisgegebenen Häuser einzogen, konnten mit der Sympathie vieler Bürger rechnen.

„In Erwägung, dass da Häuser stehen, während ihr uns ohne Bleibe lasst,

haben wir beschlossen, jetzt da einzuziehen, weil es uns in unsren Löchern nicht mehr passt"

hatte bereits Bert Brecht gedichtet. Die Studenten nahmen ihn beim Wort. Man organisierte sich in Wohngemeinschaften, handelte mit der Stadt Bedingungen für die Strom- und Wassernutzung aus und lebte unter nicht idyllischen, aber erträglichen Bedingungen. Legendär waren die Partys im Keller der 93, wo zur Musik der Rolling Stones bis zur Erschöpfung getanzt wurde.

Wie jetzt Peter M. fanden auch andere ehemalige Gefangene und Fürsorgezöglinge dort eine zeitweilige Unterkunft. Die politische Polizei vermutete daher (zu Unrecht) in diesem Haus einen Stützpunkt des „Gefangenenrates".

Der Gefangenenrat war eine Gruppe von ehemaligen Gefangenen, die es sich zur Aufgabe gemacht hatte, Missstände in den Gefängnissen aufzudecken. Besonders spektakulär gelang dies im Fall des Mannheimer Gefängnisskandals, der von der Justizverwaltung zunächst vertuscht wurde. Ein Gefangener war unter unklaren Umständen zu Tode gekommen, und erst dem hartnäckigen Insistieren des Gefangenenrates war es zu verdanken, dass die Umstände dieses Todes ans Licht kamen und die dafür verantwortlichen Beamten wegen Mordes verurteilt wurden.

Weil der Gefangenenrat in seinem Mitteilungsblatt „Nachrichtendienst" weiterhin Informationen aus den Gefängnissen veröffentlichte, wurde er von Polizei und Justiz kriminalisiert. Auch ich sollte offenbar als Sympathisant des Gefangenrates erscheinen.

So schreibt Professor W.: „Bockenheimer Landstraße 93, die in den Akten so harmlos verzeichnete Anschrift, heißt – in politische Umgangssprache übersetzt – Frankfurter Gefangenenrat. Die Tagespresse hat das Interesse der Öffentlichkeit an ihm genau registriert. Insbesondere der SPIEGEL berichtete über Art und

Ausmaß von Gefängnisskandalen, über vermutete politische Beziehungen, über Zusammenhänge von Mannheim und Hamburg, über Ministerstrategien, nicht zuletzt auch über Beschlagnahmen von Karteien und Korrespondenzen im Frankfurter Büro des Gefangenenrates durch Beamte des politischen Polizeikommissariats, verbunden mit Verhaftungen (wegen „Hehlerei")".

Brief Klaus Z. 2. 9. 74

Hallo Herr H.,
habe heute den Bericht von Ulrike Holler über Sie im Radio gehört. Ich finde es abscheulich, wie die Polizei mit Ihnen umgegangen ist. Dabei haben Sie weiß Gott das alles nicht verdient. Ich selber kann dies bezeugen und es gibt kaum einen Einsitzenden in einer hessischen JVA, der Sie kennt, der dies nicht auch kann. Wie Sie ja selber wissen habe ich Ihre Anfangszeit bis hin nach Preungesheim miterlebt. Was Sie für uns Einsitzende in Preungesheim geleistet haben an menschlicher Hilfe ist beispielhaft und verdient Lob und Nachahmung. Die Kommunikation, die wir im Evangelischen Arbeitskreis betrieben haben, half, Kontaktschwierigkeiten und Aggressionen abzubauen. Dies werden die Gäste wie Staatssekretär W. usw. selbst gemerkt haben. Für viele Mitläufer und Unselbständige und Angst vor der Verantwortung habende Mitglieder der sogenannten Gesellschaft (Bedienstete) waren Sie ein Dorn im Auge, da Sie in ihren Augen ein Aufklärer waren. Der Vollzug geht aber eher nach Verdummung und Unterdrückung hin, sodass Sie zwangsläufig in eine Buhmannrolle hineingeredet wurden. Wenn man schon so weit ist einen Mann wie Sie zu denunzieren, dann ist auch die Todesstrafe für uns nicht mehr weit. Soll man doch am besten den Haftproblemen aus dem Weg gehen und jedem, der eine Straftat begeht, auf dem Polizeipräsidium einen Kopfschuss geben. Nach den Zeitungsberichten und Aussagen der jeden Tag hier eintreffenden Zugänge sind wir nicht mehr weit davon entfernt.
Hier in B. kümmert sich kein Mensch um einen. Der Pfarrer schwebt einen Meter über dem Boden und die Fürsorger machen jede Woche Schießübungen. Statt Lehrwerkstätten wird alles im

Hause vergittert. Differenzierten Strafvollzug nennen sie das hier. Bravo. Was hier jeden Tag geschieht, ist unbeschreiblich. Ich selbst habe dies erlebt als ich als Zugang hierher kam und die Anstaltsleitung aus meinen Akten sah, dass ich als Gefangenenaufklärer in Preungesheim tätig war, bekam ich sofort die Rechnung: Verlegung auf einen Sicherheitsflügel. Ich komme mir vor als hätte ich eine ganze Stadt ausgerottet. Aber wenn man 14 Jahre für zwei Banküberfälle, bei denen niemand verletzt wurde und kein Sachschaden entstand, bekommt, dann ist dies schon ein Zeichen, wieweit unser Polizeistaat fortgeschritten ist. Kapital wird mehr geschützt als Menschenleben.

Lieber Herr H., ich jedenfalls hoffe, dass noch mehr Leute aus JVAs Ihnen gutes Überstehen dieser Schweinerei wünschen und hoffe aus Preungesheim Solidarität für Sie zu gewinnen. ...

Anmerkung:

Das Ex-Mitglied des evangelischen Arbeitskreises Siegfried F. Ist nun schon ein Jahr tot. Sie wissen ja, wie damals die Geldsammelaktion für die Todesanzeige untgerbunden wurde. Wenn wir zwei uns auch immer abtasteten, ich als krantig geltender Ganove , Sie als Pfarrer, so war unsere Art gegenüberzustehen immer ehrlich.

Für heute grüßt Sie allerherzlichst Ihr Ex-Mitglied des evangelischen Arbeitskreises und 14 Jahre in B. sitzender Klaus Z.

Der Pfarrer und sein Jäger

Ich habe Herrn F. zweimal gesehen.

Das erste Mal bei der erkennungsdienstlichen Behandlung, als ich nichtsahnend zu ihm ins Polizeipräsidium kam.

Das andere Mal, da kam er gerade aus dem Bürotrakt des Gefängnisses, offenbar von einem Gespräch mit dem Direktor. Fröhlich grüßend ging er an mir vorbei. In Erinnerung ist mir diese fast jungenhafte Lustigkeit des Grußes, so etwa: „schön. dich wiederzusehen".

Ein Mensch, dem sein Beruf Vergnügen macht, der den von ihm Verfolgten fröhlich-schalkhaft grüßt, ein Polizist neuen Stils, nicht dieser verkniffene Typ in schwarzer Lederjacke aus dem Krimi. Einer,der lachen kann. Ich stelle mir vor, wie er seinen Kumpels erzählt von dem Pfarrer, den er auf´s Kreuz legt.

Aus den Akten, die ich sehr viel später zu Gesicht bekomme, kann ich rekonstruieren, wie er seinen Plan aufgebaut hat: Die nächtliche Vernehmung des Peter M., der angeblich freiwillig zur Aussage erschien, tatsächlich aber aufgegriffen wurde und unter Druck gesetzt seine Aussage machte ("Sie schicken mich nicht nach Hamburg zurück, wenn ich in den nächsten 14 Tagen täglich um 11 Uhr mich im Revier melde und weitere Informationen weitergebe") und, beim Unterschreiben des Protokolls: "wenn Sie das unterschreiben, kommen Sie raus, wenn nicht, bleiben Sie drin".

Weiter die Verdrehung von Aussagen (so gibt P.M. in seiner ersten Vernehmung zu Protokoll: ich habe gesagt, er könne doch auch im Gefängnis arbeiten - damit sei keine körperliche Arbeit, sondern politische Agitation gemeint. P.M. hat bei einer späteren Vernehmung in Hamburg ausgesagt, diese Formulierung habe ihm F. in den Mund gelegt.)

Dann die Tatsache, dass meine Telefonnummer in einem Haus gefunden wurde, in dem verdächtige Menschen wohnten: "In dem Objekt Bornheimer Landstraße sind u. a. folgende Personen namentlich gemeldet: a) Daniel Cohn-Bendit, b) Gisela I.. Vorgenannte sind dem "Revolutionären Kampf" zuzuordnen. Gegen den "Revolutionären Kampf" bzw. dessen Angehörige laufen z. Z. Ermittlungen wegen versuchten Mordes an dem Polizeibeamten Weber in Frankfurt. Das Auffinden der Telefonnummer und die Ereignisse der letzten Zeit lassen den Schluss zu, dass der "Revolutionäre Kampf" über den Dr. Helm Verbindungen zu einsitzenden Gefangenen u. a. des "Gefangenenrates" unterhielt. Es liegen Erkenntnisse vor, dass man beabsichtigt, Angehörige des "Gefangenenrates" zu befreien (namentlich genannt werden allerdings nur zwei Frauen, zu denen ich gar keine Verbindung hatte, da sie ja in der Frauenanstalt einsaßen). Bis vor einigen Tagen waren die derzeit in Hessen inhaftierten anarchistischen Gewalttäter in verschiedenen hessischen Vollzugsanstalten untergebracht. Derzeit befinden sie sich alle in der JVA Frankfurt-Preungesheim. Das dürfte geplante Fluchtunternehmungen begünstigen".

In der JVA 1, meinem Dienstbereich, saß m. W. kein einziger "anarchistischer Gewalttäter" ein, wohl aber in der JVA 3, der Frauenanstalt. Durch die unpräzise Angabe "JVA Frankfurt-

Preungesheim" wird das verschleiert.
Schließlich Vernehmungen von Untersuchungsgefangenen, denen offenkundig Haftverschonung angeboten wurde oder (im Fall von Herbert S.) Schläge angedroht wurden. Sie hatten offenbar das ausgesagt, was die vernehmenden Personen hören wollten
Herbert S. hat bei einer Vernehmung durch F. ausgesagt, ich "habe Informationen und Zeitschriften in das Gefängnis geschmuggelt".
Und Günter G. hat u. a. angegeben, dass ich "renitente Gefangene an linke Gruppen vermittle und ab und zu auch Briefe und Zeitschriften rein- und rausschmuggle"
Das schien F. ausreichend belastendes Material zu sein, um eine Hausdurchsuchung bei mir zu beantragen. Die Begründung liest sich so: "H. wird verdächtigt, als Informant bzw. Briefvermittler zwischen Inhaftierten und in Freiheit befindlichen Personen tätig gewesen zu sein ... Somit dürfte klar sein, dass H. zu anarchistischen Kreisen Kontakt unterhielt". Der zuständige Richter hat aber keinen Durchsuchungsbefehl ausgestellt. Offenbar hat ihn F.s Argumentation nicht überzeugt.
Aber noch gab F. nicht auf. Er beantragte Telefonüberwachung für mich, die über mehrere Monate durchgeführt wurde - und natürlich nichts Belastendes ergab. Vermutlich wäre das Verfahren wegen Unterstützung einer kriminellen Vereinigung sang- und klanglos eingestellt worden, wenn ich nicht durch einen Zeitungsartikel davon erfahren hätte und nun meinerseits um ein Gespräch mit der Staatsanwaltschaft nachsuchte.

Ich komme nicht klar damit …

dass der Gefängnispfarrer Harald Poelchau, der in den Jahren 1944/45 in Tegel Kontakt zu zahlreichen Mitgliedern des Widerstands gegen den Nationalsozialismus hatte, und dabei Kopf und Kragen riskierte, völlig unbehelligt von Polizei und Justiz Briefe schmuggeln und Lebensmittel ins Gefängnis hineinbringen konnte. Natürlich, ich finde es wunderbar, dass es solche Menschen gab, die dieses große persönliche Risiko auf sich nahmen. In dem Briefwechsel von Helmut James und Freya von Moltke wird deutlich, dass in seiner Wohnung ein ganzes Warenlager von Lebensmitteln aus Kreisau bestand und wie wichtig es für die Gefangenen war, die unzureichende Gefängniskost durch Butter, Eier, Speck und Zucker ergänzen zu können. So waren sie in der Lage, an ihrer Verteidigung zu arbeiten – auch wenn ihnen das schließlich wenig nützte.

Womit ich nicht klarkomme: wie ist es zu erklären, dass wir Gefängnispfarrer und -Pfarrerinnen in den siebziger Jahren des letzten Jahrhunderts, die wir im Unterschied zu Poelchau absolut nichts Verbotenes taten, so sehr schikaniert und kriminalisiert wurden? Ist denn der Überwachungsstaat so sehr perfektioniert worden? Oder ist unser Verständnis von Religion als staatsfeindlich gedeutet und bekämpft worden? Manche Äußerungen scheinen darauf hinzudeuten, so die Bemerkung des Vollzugsleiters, Herrn K.: Wenn Jesus heute lebte, wäre er vermutlich auch schnell hier drinnen.

Unser Risiko war unvergleichlich geringer als das, das Poelchau damals einging, keine Frage. Aber das Gefühl, dass jemand an unserer Vernichtung, zumindest an der Vernichtung unserer bürgerlichen Existenz arbeitete, das haben wir allerdings gehabt. Es war ja nicht nur ein Gefühl, es war nicht paranoid, sondern ganz real. Und das in einem bürgerlichen Rechtsstaat, dessen Legitimität für uns außer Frage stand. Und dann mussten wir uns von einem Oberkirchenrat anhören, ein Christ müsse eben, wenn es hart auf hart käme, mit Leiden rechnen. Erbitternd zu hören, wenn der, der das sagt, so satt und unangefochten in seinem Sessel sitzt.

Peter M. in Christiania

Christiania, mitten in Kopenhagen gelegen, bezeichnet sich selbst als „Freistatt". Die Bewohner ernähren sich durch Kunstgewerbe, kleine Handwerksbetriebe und Tourismus. Weiche Drogen sind erlaubt und werden offen gehandelt, harte Drogen wie Heroin sind verboten, ihr Besitz und Konsum wird mit Ausschluss bestraft. Für das Einhalten der Regeln sind die Bewohner selbst verantwortlich – die Polizei bleibt außen vor.

Peter M. kannte Christiania schon aus früherer Zeit. Nun war er wieder dort gelandet, und es schien ihm gut zu gehen. Seine Briefe berichten von sozialen Kontakten zu Künstlern und anderen Christiania-Bewohnern. Auch für seine „Knast-Revue" ist nach

80

seinen Angaben eine Aufführung in greifbare Nähe gerückt. Sie soll in Berlin stattfinden, „in etwa drei Monaten", gekoppelt mit einer Ausstellung der in Christiania lebenden Malerin Annelis B. Es wird dann aber auch wieder deutlich, dass die „Knast-Revue" noch lange nicht aufführungsreif ist. So bittet er dringend um Materialien zum Knastalltag, wie eine Hausordnung oder eine Hauszeitung. Auch Sätze wie „allerdings stehe ich völlig auf dem Schlauch" lassen Skepsis aufkommen.

Eine Postkarte im August 1976 informiert: „Habe Christiania für immer hinter mir gelassen, wurde auch höchste Zeit" (ohne nähere Begründung). Und im September schreibt er aus dem Hotel Linde in Stockholm: „Inzwischen sitze ich nun einen monat im stockholmer hotelzimmer herum, arbeite zwar – aber ohne innere befriedigung. Prinzipiell ist es die gleiche ghettosituation, deretwegen ich christiania verließ. Nun spielte ich immer mit dem gedanken, auch stockholm zu verlassen und nach london zu gehen, da doch dort die situation so anders sein müsste (vor allem würde ich ja perfekt englisch lernen können). Du siehst also, wie alles im kreis läuft. gottseidank bin ich doch nicht so blöd um mir ganz zu glauben." Und dann, konträr zu den London-Plänen:"so bald als möglich werde ich nach frankfurt zurückkehren um den rest meines knastes abzusitzen".

Von da an bricht für mehrere Jahre der Kontakt ab. Erst Ende 1981 meldet er sich wieder. Da arbeite ich aber schon lange nicht mehr im Gefängnis.

Peter M. – Das Ende

Jahre hindurch hörte ich nichts mehr von Peter M.
Inzwischen war ich doch noch Gemeindepfarrer geworden, in Frankfurt. Ich war mit meiner ganzen Wohngemeinschaft in ein großes schönes Pfarrhaus eingezogen. Die Gemeinde hat das akzeptiert, mit einer Mischung von Liberalität und Neugier.
Dann tauchte Peter wieder auf. Er war ziemlich heruntergekommen, hatte seine Freiheitsstrafe abgesessen und fragte, ob ich ihm helfen könne, irgendwo Fuß zu fassen. Da in der Gemeinde gerade die Küsterstelle frei war, bot ich ihm an, sich darauf zu bewerben. Er wurde tatsächlich eingestellt und schien an

81

der neuen Aufgabe Spaß zu haben. Mit den Mitarbeitern kam er gut klar und die Gottesdienstbesucher, die er am Kircheneingang begrüßte, schienen ihm zu mögen.

Es gab allerdings auch Klagen: Die Räume seien nicht ordentlich genug geputzt. Und dass er öfter nach Alkohol roch war unverkennbar. Ein Mediziner aus dem Kirchenvorstand bot an, mit ihm ein Gespräch zu führen, um herauszufinden, ob Peter Alkoholiker sei. Dies lehnte Peter empört ab. Das ging gegen seine Würde.

Mich besuchte er regelmäßig. Einmal klagte er, er verdiene zu wenig. Ab und zu müsse er sich einen Strichjungen kaufen, denn wegen seiner Hässlichkeit habe er keine anderen Kontaktmöglichkeiten. Offenbar hat er aber auch versucht, im Ort Jugendliche anzusprechen, denn ein ehemaliger Konfirmand pöbelte öffentlich gegen den schwulen Küster.

Noch heute bedrückt mich eine Szene, die ihn ihn sehr gekränkt haben muss.

A., eine Frau aus der WG, hatte Geburtstag und wollte mit Freunden feiern. Ohne eingeladen zu sein kam Peter mit einem Strichjungen und setzte sich in einer Ecke nieder. Auf Andeutungen, er müsse jetzt gehen, reagierte er nicht. Ich habe ihn beinahe mit Gewalt hinausbefördert.

Ich weiß nicht, ob er neben dem Alkohol auch Drogen nahm, vermute es aber. Seine Wirtin rief mich eines Abends empört an: Peter habe seinen Fernseher aus dem Fenster geworfen. Zum Glück war weiter nichts passiert. Er konnte aber nicht sagen, was ihn zu dieser Tat getrieben hat. Ich musste an die Szene denken, wie er mitten in der Nacht zu tanzen anfing. Das war nur wesentlich lustiger, damals, aber verrückt war es auch.

Und dann kam das Ende. In seiner Wohnung hat Peter sich aufgehängt. Schriftlich hat er nichts hinterlassen, nur einen Sack mit Briefen und ein paar Bücher.

Für seine „Knast-Revue" waren fünf Seiten Entwürfe dabei. Das war alles.

Communio

Lux aeterna luceat eis, Domine, cum sanctis tuis in aeternam, quia pius es. Et lux perpetua luceat eis.

Das ewige Licht leuchte ihnen, Herr, mit deinen Heiligen in Ewigkeit, weil du gütig bist.

Das Dilemma der Kirche und der Gefangenenseelsorge angesichts der geltenden Strafpraxis

Auch nach meinem Ausscheiden aus dem Strafvollzugsdienst beschäftigte mich das Gefängnisthema intensiv. So entstanden verschiedene Veröffentlichungen zum Thema Strafvollzug. Exemplarisch soll hier dieser Vortrag stehen.

Die hier und heute bei uns in der Bundesrepublik Deutschland herrschende Strafvollzugspraxis hat – dies ist meine Ausgangsbehauptung – Züge, die es erlauben, von einem „kollektiven Wahn" zu sprechen.

Nach einer Definition von V. E. Pilgrim „wissen die im Wahn befangenen in der Regel nicht, dass sie vom Wahn umnachtet sind. Der Wahn passt nicht zu einzelnen Menschen, sondern zu einzelnen Zuständen des Systems. Im Wahn entschuldigen die Menschen sich immer, abstrakt Gutes zu wollen, um für das System konkret Gutes, aber für andere Menschen konkret Böses zu tun. Die Einsicht, konkret Böses zu tun oder zu fördern, setzt bei allen Wahnen regelmäßig aus."

Kurz lässt sich der Wahn so charakterisieren: Es entspricht allgemeiner Überzeugung, dass sich die Strafzwecke Sühne, Abschreckung, Schutz der Allgemeinheit und Resozialisierung bzw. Therapie der Täter auf einen Nenner bringen lassen. In Wirklichkeit behindern sich diese Strafzwecke gegenseitig, ja schließen sich gegenseitig aus. Die seit 1967 angelaufene Strafvollzugsreform, die wenigstens deutlich Schwerpunkte setzen sollte, ist in großen Teilen als gescheitert zu betrachten – gescheitert am Desinteresse der Öffentlichkeit und der Politiker, am Mangel an finanziellen Mitteln. Daran kann nach Meinung zahlreicher Juristen (bei Schneider, Kriminologie 447 f.) auch das 1977 in Kraft getretene Strafvollzugsgesetz nichts ändern. Was übrig bleibt, ist eine Verwaltung des Mangels: die Aufgabe, den Strafvollzug unter solchen – deprimierenden – Voraussetzungen so human wie möglich zu gestalten und dabei hinzunehmen: alarmierend hohe Rückfallquoten, eigentlich unzumutbare Arbeitsverhältnisse für die Bediensteten, weithin persönlichkeitszerstörende Haftbedingungen für die Inhaftierten. Über dem allem steht jedoch als scheinbar unbezweifelbare Notwendigkeit, wie ein Dogma, die Auffassung: Solange keine Alternative in Sicht ist, müssen Gefängnisse sein.

Im Namen dieses Dogmas beruhigt man sich allzu schnell und geht – in staatlichen und auch in kirchlichen Dienststellen – zur Verwaltung des Alltags über, eines Alltags, der bedrohliche Anzeichen einer Wendung zum Schlimmeren aufweist. Ich nenne nur das u.a. durch Überlastung der Gerichte bedingte rapide Anwachsen der Zahl der in Untersuchungshaft Einsitzenden mit all seinen negativen Folgen, da Untersuchungshaft als reiner Verwahrvollzug konzipiert ist. Nach amerikanischen und kanadischen Erfahrungen wäre es durchaus möglich, bei einem Großteil der Delinquenten die Untersuchungshaft durch Intensivüberwachung zu ersetzen – mit geringerem finanziellem Aufwand und weniger schädlichen Folgen für die Psyche der Betroffenen (s. Schneider a.a.O. 421). Wenn bei uns eine gegenteilige Entwicklung zu verzeichnen ist, so nicht zuletzt aufgrund eines durch die Massenmedien geschürten Drucks der Öffentlichkeit, die ertappte Täter möglichst sofort hinter Schloss und Riegel wissen möchte.

Die eben knapp skizzierten Entwicklungen mögen illustrieren, inwiefern wahnhafte Elemente im bundesrepublikanischen Strafvollzug zu konstatieren sind, d.h. inwiefern unaufgeklärte, z.T. abergläubische Reaktionen auf abweichendes Verhalten bei uns massiv die Praxis bestimmen.

Diese Beurteilung des Strafvollzugs muss zum Widerspruch reizen. Sind wir doch alle durch sozusagen alltägliche Bestätigungen in den Wahn hinein verwoben. Nicht wegzudenken aus den Fernsehabendprogrammen die Fernsehkrimis, von unseren Nachttischen die Kriminalromane, aus den Tageszeitungen die Berichte über Verbrechen, über Ergreifung und Verurteilung von Verbrechern, über gesetzgeberische Maßnahmen zur Verbrechensbekämpfung, in letzter Zeit zu Anti-Terror-Gesetzen und Gesetzesverschärfungen. Dies bildet sozusagen die selbstverständliche Folie für alle positiven Bemühungen um mehr Humanität, Freiheit, vielleicht auch nur Bequemlichkeit in den Gefängnissen. Das macht es denn auch so schwer, das Wahnhafte, Absurde dieser „Verbrechensbekämpfung" zu erkennen. Es hat den

Anschein, als könnte gegenwärtig eine solche Sicht des Gefängniswesens sich am ehesten den Praktikern erschließen, die in jahrelanger direkter Tuchfühlung mit den „Gesellschaftsfeinden" gestanden haben, d. h., mit Leuten, die, einmal in die Mühle der staatlichen Sanktionen geraten, gar nicht mehr anders können, als immer vollkommener dem Bild vom „inneren Feind" zu entsprechen, dessen „Bekämpfung" (oder vielmehr Rollenfixierung) in und mit der Institution Gefängnis geleistet und erwartet wird. Fatal utopisch ist es, unter diesem Vorzeichen von „Therapie" oder „Resozialisierung" zu reden
Hier führt kein Ausweg aus dem kollektiven Wahn der „Verbrechensbekämpfung".
Aber führt eine solche Einschätzung nicht in Resignation oder gar „Staatsverdrossenheit", wie ein beliebter Vorwurf der „Macher" lautet? Nein, staatsverdrossen wäre es vielmehr, den Staat mit seinen Wahnideen zu identifizieren, zu verzichten auf eine deutliche Sprache und klare Worte.

Ein Konsens lässt sich leichter herstellen bei Wahnen, die heute überwunden sind. Daher möchte ich, sozusagen als Kontrast, einen anderen Wahn darstellen, den Hexenwahn, der im 14. bis ins 18. Jahrhundert unzählige Opfer forderte (Man vermutet, dass die Zahl der Opfer in die Millionen ging, etwa 85 % waren Frauen).
Verschiedene Ursachen werden für diesen kollektiven Wahn genannt, sie reichen vom abergläubischen Exzess bis zur Einschätzung als „pathologisches Phänomen", durch unerkannte Geisteskrankheiten hervorgerufen, und zur Konstatierung einer verdrängten Sexualpathologie, der „Angst des unfreien Mannes vor dem geheimnisvollen lockenden Lebewesen, das den Namen ‚Weib' trägt, dem man sich in seiner Furcht nicht gewachsen fühlt und gerade deswegen rettungslos verfallen ist"(W. Nigg, Buch der Ketzer)
Auch Frauenbewegungen unserer Tage haben in den Hexen frühe Vorläufer entdeckt: „Die heilkundigen Hexen waren oft die einzigen praktischen Ärzte für das Volk, das von bitterer Armut und Krankheit schwer heimgesucht war. Insbesondere wurde eine enge Verbindung zwischen Hexe und Hebamme hergestellt: 'Niemand schadet der katholischen Kirche mehr als die Hebammen' schrieben die Hexenjäger Institoris und Sprenger.

Die Bekämpfung der Hexen erfolgte mit schwerem theologischem und juristischem Geschütz:. die Bibelstelle Exodus 22,18 „Eine Zauberin sollst du nicht am Leben lassen.", die Hexenbulle des Papstes Innozenz VIII. , schließlich der „Hexenhammer" der Sprenger und Institoris, eines der ersten gedruckten Bücher, das ca. 30 Auflagen erlebte, den Hexenprozess systematisierte und auf Jahrhunderte die Bekämpfung des Hexenwahns enorm erschwerte. Auch Luther und Calvin waren in puncto Hexen- und Teufelsglauben ganz Kinder ihrer Zeit.

Dass also die offizielle Kirche und Theologie angesichts dieses kollektiven Wahns vor einem „Dilemma" gestanden hätten, kann man wirklich nicht behaupten. Im Gegenteil, sie halfen ihn kräftig schüren, lieferten theologische Argumente und tatkräftige Hilfe bei Prozessen, Folterungen und Hinrichtungen, wenn auch mancher aufgeklärtere Bischof in seinem Bistum die Zahl der Hinrichtungen drastisch zu reduzieren wusste oder sogar allzu eifrige Hexenverfolger des Landes verwies.
Ausgesprochener Widerstand gegen die Praxis des Hexenverfolgung erhob sich jedoch von Seiten einzelner mutiger Männer, Naturwissenschaftler und Ärzte wie Agrippa von Nettesheim und J. Weyer, Seelsorger wie Friedrich von Spee, Matthäus Meyfort und Balthasar Bekker. Besonders die letztgenannten brachten gegen das Arsenal an theologischer und juristischer Gelehrsamkeit, das zur Begründung der Hexenverfolgungen aufgefahren worden war, zunächst einmal ihre persönliche Betroffenheit ein: die deutlich empfundene Unmöglichkeit, diese Gräuel mit dem christlichen Glauben in Übereinstimmung zu bringen. Das war der Ausgangspunkt für ihre Bekämpfung des Hexenwahns – und darum sind sie uns heute für unser Thema wichtig. Erst ein Jahrzehnt später als Bekker und zwei Generationen nach Spee folgte ihnen der namhafte Jurist Thomasius mit seiner Schrift „de crimine magiae", in der er das Irreale, Wahnhafte dieser Prozesse in gewissenhafter Juristenmanier darlegt und widerlegt. Doch anders als dieser Prototyp eines aufgeklärten Wissenschaftlers ist Friedrich von Spee, der der Societas Jesu angehörte, von einem durch und durch seelsorgerischen Impuls getrieben.
Es ist mit Recht angemerkt worden, dass Spee nur die ihm aus

seiner Begleitung zum Scheiterhaufen bekannt gewordene Praxis angriff und nicht das Prinzip der Hexenverfolgung selbst. Aber darin liegt auch gerade die Stärke seines Engagements. Leibniz überliefert uns über diese seelsorgerischen Erfahrungen eine denkwürdige Notiz: „Alle (Hexen) hätten mit herzzerreißendem Jammergeschrei die Bosheit oder Unwissenheit der Richter und ihr Elend beweint und in ihren letzten Nöten zu Gott, als einem Zeugen ihrer Unschuld, gerufen. Dieses erbarmungswürdige, so oft wiederholte Schauspiel habe ihn (sc. Spee) in solchem Grade erschüttert, dass er vor den Jahren grau geworden sei."(bei Nigg 282)

Spee selbst schreibt „ Gott weiß, wie viel ich aus innerstem Herzen geseufzt, wenn ich dies selbst in schlaflosen Nächten bei mir selbst erwog und kein Mittel fand, den Strom des allgemeinen Wahns einzudämmen." (bei Nigg 282). Das Mittel fand Spee dann in seinem „Gewissensbuch über die Hexenprozesse" (Cautio Criminalis). W. Nigg urteilt: „Mit diesem großartigen Buch hat er eine gewaltige Bresche in die Mauer der Vorurteile geschlagen." Allerdings unter enormen persönlichen Einsatz. Hellsichtig widmet er seine Schrift „all denen, die sie nicht lesen werden" - als hätte er geahnt, wie oft das Buch in der Folgezeit von solchen, die es nur vom Hörensagen kannten, als „vom Teufel eingeflüstert" denunziert werden sollte. In diesem Buch legt Spee dar, wie jemand, der in die Mühle eines Hexenprozesses gerät, kaum eine Chance hat, wieder heil herauszukommen – wie ihm alles, Standhaftigkeit oder Geständnis, als Schuldbeweis gilt – wie sich die durchführenden Beamten dadurch entlastet fühlen, dass sie auf Geheiß der Fürsten handeln, während die Fürsten Einzelheiten der Prozesse gar nicht wissen wollen. „Kein deutscher Herr würde seinen Jagdhund so zerreißen lassen, und ein Mensch dürfte so oft zerrissen werden?...Man darf mit Menschenblut nicht spielen, und unsere Köpfe sind keine Bälle, die man nur so hin und her wirft" (bei Nigg 282).

„Wenn nur die Prozesse unablässig und eifrig betrieben werden, dann ist heute niemand, gleich welchen Geschlechtes, in welcher Vermögenslage, Stellung und Würde er sei, mehr sicher genug, wenn er auch nur einen verleumderischen Feind hat, der ihn verdächtigt, ein Zauberer zu sein." (Spee bei Hammes, Hexenwahn und Hexenprozesse 12)

Die Cautio Criminalis erschien 1631 anonym und ohne Wissen Spees. Dennoch wurde schnell genug bekannt, wer der Autor war; er wurde seines Lehramts entbunden und nach Köln versetzt, Man wollte ihn aus dem Jesuitenorden ausstoßen. Nicht lange nach diesen Auseinandersetzungen erlag er, erst 44-jährig, bei der Krankenpflege einem epidemischen Fieber.

Etwas glimpflicher kam sein Übersetzer und lutherischer Mitstreiter gegen den Hexenwahn, Joh. Math. Meyfarth (gest. 1635) weg. Er wurde „nur" von seinen Pfarrkollegen heftig angefeindet, konnte jedoch sein Amt als Professor und Pastor in Erfurt behalten. Auch bei Meyfarth war die sinnliche Erfahrung Ausgangspunkt des Engagements; er hatte gesehen, „wie der Trutenkarren täglich durch die Straßen polterte und doch der Truten (=Hexen) stündlich mehr wurden, also dass die thüringischen Wälder nicht hinreichen würden, sie alle zu verbrennen". Aus diesem Erleben heraus ruft er den Hexenverfolgern zu: „Ihr müsst dermaleinst Rechenschaft geben von jedem Worte, das da geboten: zu fahen, zu geißeln und köpfen und brennen, von jedem Hohne, mit welchem ihr der armen Gepeinigten gespottet, von jeder Träne, die sie ausgeweinet, von jedem Tropfen, den sie ausgeblutet."

Hingegen musste der niederländische Pfarrer Balthasar Bekker seine gegen den Hexenwahn gerichtete Schrift „De betoverde Weereld" (Die bezauberte Welt) von 1691/93 mit dem Verlust seiner beruflichen Existenz bezahlen. Radikaler als Spee, Meyfarth und andere vor ihm bekämpfte Bekker den Hexen- und Teufelsglauben theologisch: Der wahrhafte Christ glaubt in erster Linie an Gott und nicht an den Teufel. Der ist vielmehr ein Diener Gottes, der gegen seinen Willen nichts vermag.

Solche uns selbstverständlich scheinenden Sätze haben in der Theologenschaft zu Bekkers Zeiten unglaublich viel Staub aufgewirbelt: man sprach vom „bekkerschen Irrtum", wenn man solche Argumentationen verteufeln wollte.

Soviel vom Hexenwahn und den Versuchen, ihn zu bekämpfen. Es sollte nicht der Eindruck entstehen, eine Handvoll mutiger Männer hätte innerhalb eines Jahrhunderts dm Spuk ein Ende gemacht. Viele Faktoren haben, wie bei der Entstehung des Wahns, so auch bei seinem Ende zusammengewirkt. Doch hier kam es darauf an, das „institutionelle Dilemma" darzustellen, wie es sich bei den direkt Betroffenen äußerte, und ihre Möglichkeiten aufzuzeigen, gegen den Widerstand des verhetzten Volkes und der eigenen Fachkollegen, unter Einsatz der beruflichen Existenz, mit theologischen, juristischen und medizinischen Argumenten, mit zäher, geduldiger Beharrlichkeit, oft auch mit Zugeständnissen an den Zeitgeist, dennoch einem Ende des Wahns den Boden zu bereiten.

In einer Untersuchung der Auswirkungen der Cautio Criminalis auf den Hexenprozess in Deutschland kommt H. P. Geilen zu dem Schluss, dass v. Spees direkter „Einfluss sowohl auf die Literatur zum Hexenprozess wie auch auf die Gesetzgebung und Gerichtspraxis recht gering gewesen ist." Spee selbst wusste ja schon ziemlich genau, wie seine Gedanken bei den Zeitgenossen ankommen würden: „... und doch können wir noch nicht alles aussprechen, weil unsere Zeit es nicht ertragen kann. Was wundern wir uns noch, wenn alles voller Hexen ist? Wundern wir uns lieber über die ungeheure Blindheit der Deutschen und die Beschränktheit selbst der Gelehrten. Aber sie sind freilich gewohnt, in Ruhe und Behaglichkeit hinter dem Ofen ihren Gedanken nachzuhängen, und da sie nicht einmal eine bloße Vorstellung von dem Schmerz und der Tortur besitzen, haben sie prächtige Gedanken über die Folterung der Angeklagten und ordnen sie so freigebig an, wie wenn ein Blinder von der Farbe redete, von der er doch keinen Begriff hat." (Cautio 95/96)

Ein Zitat, gut geeignet, um zu „aufgeklärteren" Zeiten überzuleiten.

Nicht mehr die Tortur, sondern die „Besserung" war im 19. Jahrhundert die Parole im Kampf gegen das Böse. Und das „institutionelle Dilemma", vor das sich Geistliche angesichts der herrschenden Strafpraxis gestellt sahen, schien nicht mehr Widerstand gegen und Aufklärung über eine inhumane Praxis herauszufordern, sondern tatkräftige Beteiligung an der in Gang gekommenen Strafvollzugsreform.

Johann Hinrich Wichern, von dem hier in erster Linie zu reden ist, hatte auf einer Visitationsreise durch norddeutsche Gefängnisse einen tiefen Eindruck von den dortigen Zuständen erhalten: „Die

Gefängnisse sind die größte Ironie, die der Staat gegen sich selber aufrichtet; er verhöhnt sich selbst in ihnen."

Vom christlichen Liebesgebot her wird Wichern nun zu einem der eifrigsten Gefängnisreformer Deutschlands. Seine Reformvorstellungen münden ein in zwei Forderungen: Einführung des (pennsylvanischen) Systems der strengen Einzelhaft, sodann ein gediegene christliche Ausbildung des Aufsichtspersonals, die dazu befähigen sollte, den Gefangenen Gesprächspartner und sittliches Vorbild zu sein.

An den staatlichen Strafzielen seiner Zeit, die am Abschreckungs- und Vergeltungsdenken bzw. seiner philosophischen Überformung durch Kant und Hegel orientiert waren, übte Wichern keine Kritik. Seine Argumentation geht vielmehr dahin, dass Staat und Kirche jeweils ihre besonderen Aufgaben im Strafvollzug wahrnehmen müssen, wenn das Ergebnis positiv sein soll: „Der Staat hat den Beruf, die Strafe im strengsten Sinn zu vollstrecken.....Die Kirche hat den Beruf, ... den Gefangenen die Fülle der Gnade zuzuführen, welche Trost und Lebenserneuerung im innersten Herzensgrund gewährt" (Werke Bd. 4, 88).

Freilich ist diese Trennung nicht strikt durchzuhalten, denn die Kirche kann ja nur dann sich so wohltuend betätigen, wenn die Haftbedingungen ihr den Boden bereiten, in den das christliche Samenkorn gepflanzt werden soll. Von daher fordert Wichern die strenge Einzelhaft, um die kriminellen Einflüsse von Mitgefangenen während der Haftzeit möglichst auszuschließen.

Wicherns Engagement in Sachen Gefängnisreform war unzweifelhaft bestimmt durch persönliche Betroffenheit durch die Zustände, die er mit eigenen Augen in den Gefängnissen zu sehen bekam. Unglücklicherweise – so muss man doch heute urteilen . War sein Einsatz für die strenge Einzelhaft erfolgreich (wenn auch erst 1890, nach 50 Jahren), nicht so sein Kampf für bessere Ausbildung des Personals. Und so hat er gerade unser heutiges Dilemma im Strafvollzug mit verursacht.

Die Einzelhaft hat sich durchgesetzt – aber nicht wegen ihrer sittlichen Höherwertigkeit, sondern weil sie in puncto Gefängnisdisziplin den meisten Erfolg versprach. Wenn Wichern noch sehen konnte, dass eine absolute Einzelhaft ohne Gesprächsmöglichkeit nichts anderes als eine „neue Grausamkeit" (ebd. 70) wäre, so hat sich doch nicht zuletzt dank seinem Einsatz gerade diese neue Grausamkeit gegen andere auch schon damals diskutierte Reformmodelle behauptet, etwa gegen das sog. „irische" Modell, das einen differenzierenden St,tufenvollzug mit der Möglichkeit von Außenarbeit vorsah.

Wicherns konservativ-obrigkeitliche Grundeinstellung verführte ihn dazu, mit drakonischen Methoden die Besserung der Gefängnisinsassen erreichen zu wollen. Letztlich triumphierte hier die Staatsräson über den Dienst am konkreten, leidenden Menschen. Der neue Wahn, man könne einen Gesellschaftsschädling durch harte Zucht und Isolation zum ehrbaren Menschen machen, war geboren. Er wirkt bis heute nach. Allerdings bestimmt heute nicht mehr das Stichwort „Einzelhaft" die Reformdiskussion, vielmehr wir heute von Therapie, Sozialisierung bzw. Resozialisierung gesprochen, ohne dass ernsthaft eine entsprechende Praxis in Deutschland solchen Reformetiketten zugeordnet werden könnte.

Der „institutionelle Konflikt" der Gefängnisseelsorge besteht heute darin, dass Gefängnisseelsorger in der Konsequenz dessen, was sie in den Gefängnissen erleben, zu einer tiefgreifenden Kritik am Gefängnissystem überhaupt kommen. In dieser Kritik stehen sie zwar nicht allein – auch andere Sachverständige, Juristen, Pädagogen, Soziologen und Psychologen kommen zu ähnlichen Konsequenzen – jedoch sind sie in der Regel unter den Kritikern die einzigen, die vor Ort arbeiten, und die deswegen das Dilemma am eigenen Leib austragen. Das macht Gefängnisseelsorge heute, juristisch formuliert, zu einem „gefahrengeneigten Beruf". Denn je deutlicher diese Spannung zwischen der Überzeugung des Gefängnisseelsorgers und den realen Arbeitsbedingungen im Gefängnis sich in der Arbeit mit Gefangenen und Bediensteten niederschlägt, desto mehr wird der Widerstand der staatlichen – und oft auch kirchlichen – Dienststellen gegen den „unbequemen Mitarbeiter" zunehmen. Wege, solch einen Störfaktor auszuschalten, gibt es viele. Das haben die „Fälle" der letzten Jahre gezeigt (vgl. dazu U. Kleinert, Seelsorger oder Bewacher, 1977). Dennoch braucht eine Erörterung unseres Themas nicht unbedingt in Resignation einzumünden. Denn auch wer den hohen persönlichen Einsatz eines Fr. v. Spee und seiner Mitstreiter nicht leisten kann oder will, der hat als Gefängnisseelsorger im heutigen

Strafvollzug eine wichtige Aufgabe: gerade w e i l er um die Unhaltbarkeit dieser Institution besser als andere weiß, kann er wenigstens punktuell – aber manchmal zeichenhaft – der Isolation der Gefangenen, die das Grundprinzip des modernen Strafvollzugs ist, entgegenarbeiten. Dies wird mit dem traditionellen Schwerpunkt der Anstaltsseelsorge, dem seelsorgerlichen Einzelgespräch, kaum gelingen – einfach, weil hier unsere Kapazität doch sehr beschränkt ist. Jedoch für eine vielfältige Gruppenarbeit bietet auch der heutige Straf- und Untersuchungshaftvollzug Möglichkeiten, die bisher noch kaum erkannt, geschweige denn genutzt wurden. In Frankfurt haben wir seit sechs Jahren systematisch Erfahrungen mit verschiedenen Formen gemacht, die hier nur stichwortartig erwähne: Gottesdienstvorbereitungsgruppe, Arbeitskreis, Kommunikationstraining, Theatergruppe.

Wichtig war bei all diesen Gruppenaktivitäten, die anfängliche „Durststrecke", die manchmal recht lang war, durchzuhalten. Gefangene haben in der Regel verinnerlicht, was sie oft genug gesagt bekommen: Ihr könnt nichts, bringt nichts Gescheites zustande! Dies agieren sie in einer Gruppe zunächst aus. Erst wenn kleine Erfolgserlebnisse da sind, die vom Leiter überproportional verstärkt werden müssen, um überhaupt als Erfolg wahrgenommen zu werden, beginnt das, was wir als erfolgreiche Gruppenarbeit gewohnt sind. Erst dann treten die isolierten Individuen manchmal probeweise aus ihrer totalen Abkapselung heraus, es kann zum Dialog, zur Zusammenarbeit kommen.

Erste Aktivitäten richten sich fast automatisch gegen die Anstalt. Das löst Angst aus – bei uns, natürlich auch bei anderen Bediensteten und bei Strafvollzugsbehörden. Nicht immer ist es uns in der Vergangenheit gelungen, diese Ängste adäquat zu bearbeiten, aufzufangen. Manche Konflikte der vergangenen Jahre wären vielleicht vermeidbar gewesen, wenn wir noch intensiver zu vermitteln versucht hätten, dass z. B. eine Briefaktion, die auf Verbesserung des Anstaltsessens hinzielt, keine Meuterei ist, sondern ein notwendiger Versuch, einen kleinen Schritt zur Mündigkeit selbst zu gehen. Vielleicht will man das auch in manchen Strafvollzugsämtern und Kirchenleitungen noch nicht begreifen. Aber ich möchte Ihnen hier doch Mut machen, in dieser Richtung zu experimentieren. Vielleicht sind Sie auch überrascht, wie groß der Hunger bei den Gefangenen ist nach einer guten, sinnvollen Entfaltung bisher verkrüppelter, vorenthaltener Lebenschancen.

Anhang

Ein Leserbrief, den Untersuchungsgefangene beim Bezug der neuen Anstalt an verschiedene Tageszeitungen schrieben (Auszug)

… Es mag sicher richtig sein, dass der Staat für 21 Millionen etwas mehr Sicherheit erreichte, aber diese Sicherheit geht auf Kosten der Menschlichkeit. Selbst manche Bediensteten teilen unsere Befürchtungen und empfinden eine Versetzung in das neue Haus als Zumutung.
Wovor haben wir Angst?
Wir, die wir gezwungen sein werden, in diesem Haus zu leben, werden in Zukunft nicht einmal in den Genuss eines Himmelsausblicks kommen. Außer den Krankenzellen gibt es in der neuen Anstalt nur Einzelzellen.Was das für Auswirkungen haben kann, sieht man in Köln: Vier Selbstmorde in kürzester Zeit. Ein Haus, das Leichen produziert, und das alles unter dem Motto „der Untersuchungsgefangene gilt vor dem Gesetz noch als unschuldig". Heißt das so menschlich wie möglich? Da helfen auch vier verschiedene Radioprogramme durch Kopfhörer nichts. Besteht die Menschlichkeit darin, gerade das derzeit zuerkannte Minimum sanitärer Einrichtung zu gewähren?

Eine Anklage

Hier klagt ein Staatsanwalt einen Menschen an, einen Diebstahl begangen zu haben. Er klagt in Wirklichkeit aber über die Hilflosigkeit des Staates, mit solchen „Pechvögeln" wie Waldemar L. nicht anders umzugehen, als mit Einsperren und Wegschließen.

Staatsanwaltschaft
Bei dem Landgericht D.
  - Zweigstelle O. –
     17. 7. 1973

  - 30 Js 128/73

O., den

95

Schöffengerichtsanklage

Der Metallschleifer Waldemar L., geboren am ..., ohne festen Wohnsitz, ledig, Deutscher,
z.Zt. in der Justizvollzugsanstalt Ffm-Preungesheim seit 3.6.1973 auf Grund Haftbefehls des Amtsgerichts S. vom 3. 6. 1973 (Gs 201/73)

wird a n g e k l a g t ,

in S. am 2. 6. 1973 versucht zu haben, einem anderen fremde bewegliche Sachen wegzunehmen, sich dieselben rechtswidrig zuzueignen, wobei er zur Ausführung der Tat in einen Geschäftsraum einbrach und einstieg.
Seine Fähigkeit, das Unerlaubte der Tat einzusehen, war wegen alkohobedingter Bewusstseinsstörung erheblich vermindert.
Der Angeklagte schlug nach vorangegangenem Alkoholgenuß (Blutalkoholkonzentration zur Tatzeit: 2%o)in den späten Abendstunden ein Fenster zum Schlachtraum der Metzgerei F. in der ...Straße ein und stieg durch die so geschaffene Öffnung um z u stehlen. Bevor er Brauchbares entwenden konnte, wurde er von der Polizei gestellt.

- Dies ist ein gemäß §§ 242, 243 Ziffer 1, 51 Abs. 2, 43 StGB
  strafbares V e r g e h e n -

Beweismittel:

1.) Geständnis des Angeschuldigten

2.)Sachverständiger: Prof. Dr. med. X, Zentrum der   der Rechtsmedizin, Frankfurt/Main – oder Vertreter-

<u>Wesentliches Ergebnis der Ermittlungen:</u>

Der Angeschuldigte ist ein Pechvogel.

Ohne familiäre Bindungen schlägt er sich mehr schlecht als recht durchs Leben. Alkohol verträgt er kaum, nachdem – seinen Angaben zufolge – 1968 2/3 seines Magens wegoperiert worden sind. Seitdem ist er wiederholt wegen Diebstahls in Erscheinung getreten. Die Akten – 30 Ls 15/72 – geben hierüber Aufschluss. Versuche, dem Angeschuldigten ein Arbeitsverhältnis zu vermitteln, schlugen fehl.
Die ihm im vorliegenden Verfahren zur Last gelegte und von ihm zugestandene Straftat beging der Angeklagte am Tag nach seiner bedingten Entlassung im Verfahren – 30 Ls 15/72 -.
Diese seitens der Justizbehörden – die Staatsanwaltschaft eingeschlossen – mangelhaft vorbereitete Entlassung führte dazu, dass der Angeschuldigte mit 15,-- DM in der Tasche auf der Straße stand. Nachdem er das Geld für Alkohol ausgegeben hatte, beging er die oben geschilderte Straftat.

<u>Es wird b e a n t r a g t :</u>

Das Hauptverfahren zu eröffnen
Und die dort befindlichen Akten – 30 Ls 15/72 – beizuziehen.

Gez. X, Staatsanwalt

Ein Vernehmungsprotokoll

Frankfurt am Main, 14. August 1974

Freiwillig auf hiesiger Dienststelle erscheint der

Peter Hans Wilhelm M. ,

97

geb. am 27. 2. 40 in Leipzig, o.f.W..

und macht folgende Angaben:

Ich bin darüber belehrt worden, dass ich die Auskunft auf solche Fragen verweigern kann, deren Beantwortung mich einer strafgerichtlichen Verfolgung aussetzen würden.
Ferner wurde ich über den Inhalt der §§ 145 d und 164 StGB unterrichtet.

Im Mai 1974 wurde ich vom Amtsgericht Hamburg-Altona wegen Diebstahls, Urkundenfälschung und Betruges zu einer Gefängnisstrafe von 12 Monaten verurteilt.
Zuletzt verbüßte ich meine Strafe in der halboffenen Justizvollzugsanstalt Hamburg-Vierlanden.
Am 1. 7. 74 kehrte ich nicht mehr in die JVA zurück und bin seit dieser Zeit flüchtig. Ich habe noch eine Reststrafe von 6 Monaten zu verbüßen.
Nach meinem Entweichen aus der JVA Hamburg-Vierlanden bin ich noch am gleichen Tag per Anhalter nach Frankfurt am Main gefahren. Seit dieser Zeit hielt ich mich vorwiegend in dem Haus Ffm., Bockenheimer Landstr. 93, auf.

Frage: Weshalb wohnten Sie gerade in dem Haus Bockenheimer Landstr. 93?

Antwort: Im Jahre 1973 wurde ich zu 8 Monaten Freiheitsstrafe wegen Urkundenfälschung verurteilt (AG Frankfurt).
Ich saß 4 Monate in U-Haft und verbrachte 4 Monate in der JVA Dieburg, aus der ich am 13. 10, 73 entlassen wurde.
Ich lernte während meiner Untersuchungshaft den Anstaltspfarrer H. kennen. Nach meiner Entlassung wohnte ich zunächst bei H. in Weiskirchen. Da ich mich aber anmelden musste, zog ich auf Vorschlag von H. nach Frankfurt, Bockenheimer Landstr. 93.

Frage: Können Sie sich erklären, Herr M., wieso Herr H. gerade das Haus Bockenheimer Landstr. 93 als Unterkunft empfohlen hat?

Antwort: Mir ist bekannt, dass H. zu Bewohnern dieses Hauses, insbesondere zu Simon K. engen Kontakt hatte und auch heute noch hat.

Als ich am 1. 7. 74 in Frankfurt am Main ankam, bin ich zuerst zur „Jutta" in die Nordendstr. gegangen. Vorher hatte ich von der Stadt aus den Pfarrer H. angerufen und ihm mitgeteilt, dass ich heute aus der JVA Hamburg-Vierlanden entwichen sei.
Wir haben uns dann bei der „Jutta" in der Nordendstr. verabredet und getroffen.
Im Laufe des späten Nachmittags kam zufällig der Simon K. ebenfalls in die Nordendstr.
Der Simon K. sagte mir, ich solle doch einmal in der Bockenheimer Landstr.93 vorbeikommen, was ich dann auch am gleichen Tag gemacht habe.

Frage: Schildern Sie bitte den Ablauf der Verabredung, sich mit Pfarrer H. bei der „Jutta" zu treffen!

Antwort: Ich kann mich erinnern dass das Telefongespräch zwischen H. und mir wie folgt ablief: Ich sagte: Hallo, hier ist Peter. Ich bin zur Zeit in Frankfurt. Ich bin heute in Hamburg abgehauen.
Daraufhin schlug mir H. vor, sich mit ihm im Café Bauer in der Nähe der Universität zu treffen.

Frage: Was wurde nun im Einzelnen im Café Bauer zwischen Ihnen und H. besprochen?

Antwort. Im Café Bauer wiederholte ich noch einmal meine telefonische Mitteilung, indem ich ihm nochmals sagte, dass ich aus der JVA Hamburg-Vierlanden abgehauen bin. Ich unterrichtete ihn über Einzelheiten meiner Flucht und dass ich dann nach Frankfurt gefahren bin. Ich habe ihm weiter berichtet, dass ich in der Strafanstalt als Elektriker gearbeitet habe und am 1. 7. 74 in der Jugendstrafanstalt arbeiten sollte, jedoch dort gar nicht mehr hingegangen bin, sondern mich sofort morgens nach Frankfurt abgesetzt habe.

Frage: Wie kamen Sie anschließend zur „Jutta" in die Nordendstr.

Und was wurde dort besprochen?

<u>Antwort:</u> Wir, das heißt H. und ich sind gemeinsam mit dem Kfz. des H. von dem Café Bauer aus in die Nordendstr., die Nummer weiß ich nicht, gefahren.
Bei „Jutta" eingetroffen, hat H. ihr zunächst gesagt, dass ich aus der Haftanstalt in Hamburg entwichen bin. Ich habe dann „Jutta" nähere Einzelheiten erzählt. Im Anschluß daran führten wir ein Gespräch über meine derzeitige Lage Hierbei machte mir H. den Vorschlag, zunächst – wie die Leute aus der Bockenheimer Landstr. 93 – zu versuchen, einen Job zu bekommen und ein- oder zweimal in der Woche zu arbeiten. Sollte das nicht klappen, dann wäre es auch möglich sich zu stellen und freiwillig in den Knast zurückzugehen. Als Begründung gab er an, dass er keinen Unterschied zwischen „drinnen" und „draußen" sieht. Hiermit meinte er, dass man im „Knast" genauso arbeiten könne wie außerhalb. H. meinte hiermit nicht die regelmäßige Arbeit gegen Entlohnung, sondern die mehr politische und ideelle Tätigkeit innerhalb und außerhalb der Strafanstalt.

…

Geschlossen: (F.)   selbst gelesen, genehmigt und unterschrieben:
Peter M.

In einer weiteren Vernehmung am 18. 12. 74 in Hamburg erklärte Peter M.:

„Die Angaben auf Bl. 12 Mitte kann ich heute nicht aufrechterhalten. Ich meine jetzt, dass mir diese Angaben, dass nämlich der Beschuldigte mehr politische und ideelle Tätigkeit und Arbeit gemeint hätte, von dem vernehmenden Beamten in den Mund gelegt wurden. Ich möchte doch darauf hinweisen, dass ich selbst mit marxistischer Ideologie oder dgl. keinesfalls sympathisiere."

Briefwechsel mit dem Anstaltsleiter über einen Gottesdienst

Wie sehr meine Gottesdienste unter Beobachtung standen, belegt der im folgenden dokumentierte Briefwechsel, der sich auf den Gottesdienst am 22. 6. 75 bezieht. Offenbar – das kann ich heute nicht mehr nachprüfen – hat eine Psalmübertragung von Ernesto Cardenal hierbei den Anstoß gegeben.

Der Leiter der Justizvollzugsanstalt Frankfurt am Main I   4. 9. 1975
Herrn Anstaltspfarrer Dr. Lothar H.
im Hause
Betr.: Sicherheit und Ordnung in der Justizvollzugsanstalt Frankfurt am Main I
Bezug: Ihr Gottesdienst vom 31. 8. 1975
Sehr geehrter Herr Dr. H.!

Wie mir der aufsichtsführende Bedienstete in Ihrem letzten Sonntagsgottesdienst mitteilte, sollen Sie im Verlauf Ihrer Predigt den Brief eines „Chilenischen Revolutionärs" (?) verlesen haben. Er war der Meinung, dass der Inhalt des Briefes geeignet sein könne, die Sicherheit und Ordnung in der Anstalt zu gefährden.

Um mir hierüber selbst eine Meinung bilden zu können, wäre ich für die Überlassung dieses Briefes dankbar. Auf Ziffer. III Satz 1,2. Halbsatz des Rahmenvertrages zwischen der EKHN und dem HmdJ vom 1. 4. 1951 darf ich hinweisen.

Mit vorzüglicher Hochachtung

(K.)

Meine Antwort lautete:

Sehr geehrter Herr K.!

Auf Ihre Anfrage antworte ich:

1. Ich habe in meiner Predigt am 31. 8. 75 weder den von

Ihnen apostrophierten „Brief eines chilenischen Revolutionärs" verlesen, noch sonst irgend einen „Revolutionär" zitiert, es sei denn, man würde Jesus von Nazareth als solchen bezeichnen, aus dessen „Bergpredigt" der Predigttext genommen war.

2. Bisher war ich der – offenbar irrigen – Meinung, der beim Sonntagsgottesdienst anwesende Beamte habe ausschließlich den störungslosen Ablauf des Gottesdienstes zu überwachen. Nun erfahre ich zu meinem Erstaunen, dass ihm auch eine – wenn auch vorläufige – Einschätzung dessen obliegt, was etwa an gottesdienstlichen Inhalten geeignet sein könnte, die „Sicherheit und Ordnung in der Anstalt zu gefährden". Denn, wohlgemerkt: Eine r e a l e Störung der Sicherheit und Ordnung in der Anstalt wird ja von keinem behauptet.

3. Darf ich Sie im übrigen auf ein kleines Versehen aufmerksam machen. Sie haben aus der Wiedergabe der Mitteilung des Beamten im ersten Absatz („sollen Sie …. verlesen haben") im zweiten Absatz Ihres Schreibens eine Tatsachenbehauptung gemacht („Überlassung dieses Briefes") …

Von mir unbestritten ist Ihr Recht, als Anstaltsleiter gem. Rahmenvertrag Ziffer III in Fragen der Anstaltsordnung Ihre Dienstaufsicht auszuüben bzw. nach DVollzO 13,3 von mir in Angelegenheiten, die rein fachlicher Art sind und sich deshalb Ihrer Weisungsbefugnis entziehen, Auskunft zu verlangen und Anregungen zu geben. Sie erschweren mir dies aber, wenn Sie grob unrichtige „Mitteilungen von Bediensteten als Tatsachen behaupten und dann um „Überlassung" o. dgl. bitten. So kann ich, wie auch jetzt unter Ziffer 1, nur dementieren, vermute aber, dass Ihr Argwohn durch dieses Dementi mitnichten aus der Welt geschafft ist.

Wenn Sie nun ferner die Befürchtung haben sollten, dass die sonntäglichen Gottesdienste in der JVA I eine Gefahr für Sicherheit und Ordnung in der Anstalt darstellen, darf ich Sie herzlich einladen, einmal einen solchen Gottesdienst selbst zu besuchen.

Mit freundlichen Grüßen

Dr. Lothar H. 7. 9. 75

Offenbar hat der Anstaltsleiter erst jetzt einen schriftlichen Bericht des Aufsichtsbeamten angefordert und dabei gemerkt, dass der betreffende Gottesdienst mehr als zwei Monate zurücklag. Also ein erneutes Schreiben.

Der Leiter der Justizvollzugsanstalt Frankfurt am Main I 16. 9. 1975

Herrn Anstaltspfarrer Dr. Lothar H.im Hause

Betr.: Sicherheit und Ordnung in der Justizvollzugsanstalt Frankfurt am Main I

Bezug; Ihr Schreiben vom 7. 9. 1975

Sehr geehrter Herr Dr. H.!

Leider muss ich Sie in dieser Angelegenheit noch einmal um Stellungnahme bitten. Wie sich mittlerweile herausgestellt hat, habe ich durch ein Missverständnis angenommen, Sie hätten im Gottesdienst vom 31. 8. 1975 den „Brief eines chilenischen Revolutionärs" (?) verlesen. Wie mir nunmehr Hauptwachtmeister i. StVD P. mitteilte, soll der Brief nicht an diesem Sonntag, sondern am 22. 6. 1975 im Gottesdienst von Ihnen verlesen worden sein.

Ich darf daher nochmals die in meinem Schreiben vom 4. 9. 1975 ausgesprochene Bitte um Überlassung dieses Briefes – für den Fall, dass Sie einen solchen verlesen haben – wiederholen.

Mit vorzüglicher Hochachtung

(K.)

Meine Antwort darauf:

Sehr geehrter Herr K.!

Auf Ihre erneute Anfrage antworte ich:

Auch im Gottesdienst am 22. 6. 75, bei dem Herr P. zugegen war, habe ich keinen „Brief" o. ä. Eines „chilenischen" oder anderswo beheimateten „Revolutionärs" verlesen. Vielmehr predigte ich an dem angegebenen Sonntag über die altkirchliche Epistel, Römer 8, 18-25 „Von der herrlichen Freiheit der Kinder Gottes".

Außer dem verlesenen Bibeltext (Verfasser: der Apostel Paulus) habe ich keine weiteren Zitate in der predigt benutzt. In der Liturgie kamen zur Anwendung: das Evangelische Kirchengesangbuch der Evangelischen Kirche in Hessen und Nassau in der Fassung von 1950, der Band „Gebete unserer Zeit" (für Gottesdienst und Feier), Verlag Mohn, Gütersloh 1973, und die von der Evangelischen Kirche in Hessen und Nassau herausgegebene Agende zum Kirchenjahr, Bd. II.

Um eine Stellungnahme zu der in meinem Brief vom 7. 9. 75 von mir gestellten Frage nach der Funktion des im Gottesdienst anwesenden Beamten darf ich Sie bitten.

Mit freundlichen Grüßen

Dr. Lothar H.

Darauf der Anstaltsleiter:

Der Leiter der Justizvollzugsanstalt Frankfurt am Main I
25. 9. 1975

Herrn Anstaltspfarrer Dr. Lothar H.im Hause

Betr. Sicherheit und Ordnung in der Justizvollzugsanstalt Frankfurt am Main I

Bezug: Ihr Schreiben vom 23.9. 1975, unser Telefongespräch vom 24, 9. 1975

Anlg.: 1 Stellungnahme des Hauptwachtmeisters P. vom 11. 9. 1975 (Fotokopie)

Sehr geehrter Herr Dr. H.!

Im Anschluss an unser gestriges Ferngespräch übersende ich Ihnen die Stellungnahme des Hauptwachtmeisters P. vom 11. 9. 1975. Gleichzeitig darf ich Sie um einen schriftlichen Bescheid bitten, ob Sie angesichts der klaren, detaillierten Stellungnahme des Hauptwachtmeisters P. bei Ihrer bisherigen Darstellung bleiben, einen solchen Brief nicht vorgelesen zu haben.

Ihrem Wunsche entsprechend teile ich Ihnen mit, dass sich die Funktion des Aufsichtsdienstes aus Nr. 18 DVollzO ergibt. Insbesondere aus Abs. 3 Nr. 2 und 3 dieser Vorschrift ergibt sich, dass der Aufsichtsdienst für die Sicherheit und Ordnung in der Anstalt zu sorgen hat. Wenn ein Beamter des Aufsichtsdienstes glaubt, dass durch irgend etwas die Sicherheit und Ordnung im Haus gestört oder gefährdet werden kann, so ist er gem. § 70 HBG verpflichtet, seinem Vorgesetzten hiervon Kenntnis zu geben.

Ich hoffe, dass diese Auskunft erschöpfend ist und darf auf Ihre Antwort hoffen.

Mit vorzüglicher Hochachtung

(K.)

Die beigefügte Meldung des Hauptwachtmeisters lautet:

P. P., Hauptwachtmeister im Strafvollzugsdienst JVAI   Ff. 11. 9. 75

Stellungnahme!

Betr. Ev. Gottesdienst am 22. 6. 75

Am Sonntag, dem 22. 6. 75 hatte ich Dienst als Verfüger von 7.00 bis 19.00 Uhr.

Als solcher wurde ich zum Ev. Gottesdienst eingeteilt. Während dieses Gottesdienstes verlas Pfarrer Dr. H. den Brief eines Südamerikanischen Revolutionärs. Ich kann den Inhalt des Briefes leider nur noch Sinngemäß wiedergeben.

Es kamen Passagen wie „Physischen und Psychischen Terror brechen, Mauern einreißen und Stacheldraht überwinden".

Um einen genauen Wortlaut des Briefes feststellen zu können, wäre es angebracht, denselben vorzulegen. Sofort nach dem Gottesdienst sprach ich Herrn Pfarrer Dr. H. auf den Inhalt dieses Briefes hin an und brachte ziemlich meine Bedenken gegen die Verlesung vor.

Herr Pfarrer Dr. H. erklärte mir, dass ich ja dem Gottesdienst fernbleiben könne. Nach meiner Meinung kann man eine

Haftunterbringung in Deutschland nicht mit einer solchen in Südamerika vergleichen. Es werden nur unnötige Aggressionen und Aversionen gegen die Rechtsordnung und ihre Vollzugsorgane, im Endeffekt sind das wir Bedienstete, geweckt.

Wenn behauptet wird, dass Sicherheit und Ordnung nicht gefährdet wurden, so liegt das doch wohl daran, dass die Gottesdienste nicht sehr stark besucht sind. Die Unterstellung: „Grob unrichtige Mitteilungen" weitergegeben zu haben weise ich auf das Entschiedenste zurück.

P., Hauptwachtmeister

Meine Antwort am 30. 9. 75:

Sehr geehrter Herr K.!

Ihr Schreiben vom 25. 9. befremdet mich außerordentlich. Telefonisch teilte ich Ihnen bereits mit, dass ich den pauschalen Verweis auf Schlagworte wie „Sicherheit und Ordnung" in dieser Angelegenheit für nicht ausreichend halte. Auch der Hinweis auf DVollzO 18, Abs. 3, („Den Bediensteten des Aufsichtsdienstes liegt vor allem ob … 2. die sichere Verwahrung von Gefangenen 3. die Sorge für die Ordnung und Sauberkeit in allen Räumen mit ihren Einrichtungs- und Lagerungsgegenständen") beantwortet in keiner Weise meine Anfrage, ob dem Aufsichtsbeamten „eine Einschätzung dessen obliegt, was etwa an gottesdienstlichen Inhalten geeignet sein könnte, die Sicherheit und Ordnung in der Vollzugsanstalt zu gefährden". Dass eine r e a l e Störung der Sicherheit und Ordnung in der Anstalt nicht vorlag, können Sie ersehen 1. aus der Tatsache, dass Herr P. seine Meldung erst 2 ½ Monate nach dem fraglichen Gottesdienst vorlegte, 2. aus der Stellungnahme des Herrn P. selbst: „Wenn behauptet wird, dass Sicherheit und Ordnung der Anstalt nicht gefährdet wurden, so liegt das wohl daran, dass die Gottesdienste nicht sehr stark besucht sind."

Da hier offenbar keine Verständigung zu erzielen ist, möchte ich eine Entscheidung des des Justizministeriums im Einvernehmen mit der Kirchenleitung gem. Rahmenvertrag IV b einholen. Es darf m. E. Nicht unklar bleiben, ob gottesdienstliche Inhalte einer Zensur durch den aufsichtsführenden Beamten unterliegen – und dies unabhängig vom konkreten Fall.

Was den Gottesdienst vom 22. 6. betrifft, verwundert mich, dass Sie die Darstellung des Herrn P.als „klare detaillierte Stellungnahme" kennzeichnen, während Sie meine beiden Briefe mit der Aufforderung beantworten, Ihnen Bescheid zu geben, ob ich bei meiner „bisherigen Darstellung" bleiben wolle. Dies, obwohl ich Ihnen nun wirklich detailliert genug über den Ablauf des Gottesdienstes am 22. 6. berichtet habe.

Auf meine Einladung vom 7- 9., etwaige Befürchtungen und Bedenken Ihrerseits einmal inhaltlich zu besprechen, sind Sie mit keinem Wort eingegangen, ebensowenig auf meine Anregung, einen Gottesdienst einmal selbst zu besuchen und sich so aus erster Hand zu informieren.

Eine Kopie des ganzen Vorgangs erlaube ich mir an Herrn Oberkirchenrat H. zu schicken, mit der Bitte, ein prinzipielle Klärung herb einzuführen.

Mit freundlichen Grüßen

Dr. L. H.

Der Briefwechsel möge für sich sprechen. Nur eine Anmerkung:

Herr P. war einer der wenigen Aufsichtsbeamten, die mir offen feindselig begegneten. Er hatte mich schon einmal angeschrien, als ich einen Gefangenen zurück brachte, den der auf seiner Station vermisste, weil er die Information seines Vorgängers, der Gefangene sei beim Pfarrer (dialektgefärbt: „Fahrer") missverstanden hatte. Sich für seinen Fehler zu entschuldigen kam ihm nicht in den Sinn. Stattdessen versuchte er mich, wo es irgend ging, in meiner Arbeit zu behindern.

Ausgerechnet dieses Mannes bediente sich der Anstaltsleiter, um mir eine Gefährdung von „Sicherheit und Ordnung" nachzuweisen.